花朵与星光

杨翠 著

長江出版傳媒
长江文艺出版社

图书在版编目（CIP）数据

花朵与星光 / 杨翠著. -- 武汉 ：长江文艺出版社，2023.4

ISBN 978-7-5702-3003-7

Ⅰ. ①花… Ⅱ. ①杨… Ⅲ. ①散文诗－诗集－中国－当代 Ⅳ. ①I227.6

中国国家版本馆 CIP 数据核字（2023）第 016742 号

花朵与星光

HUADUO YU XINGGUANG

责任编辑：胡　璇　　　　责任校对：毛季慧

封面设计：悟阅文化　　　　责任印制：邱　莉　王光兴

出版：长江出版传媒 长江文艺出版社

地址：武汉市雄楚大街 268 号　　　　邮编：430070

发行：长江文艺出版社

http://www.cjlap.com

印刷：武汉新鸿业印务有限公司

开本：660 毫米×1000 毫米　1/16　　印张：12.25　插页：2 页

版次：2023 年 4 月第 1 版　　　　2023 年 4 月第 1 次印刷

行数：3954 行

定价：58.00 元

献给

月月和阳阳

序一

寻求与时间的和解

蒋登科

关于散文诗这种文体的归属及其历史、现状与未来，文学界长期以来有很多不同的说法。有人说它属于诗，将其划归诗歌文体之中；有人认为它是抒情散文，将其划归散文文体。诗人高平甚至重新把这种文体命名为“诗散文”，落脚点在“散文”，其实也是将其划到散文之列。这种现象很有趣，一种文体可以划入不同的文体之中，一定有其特殊之处。不过，这种文体有时也很尴尬，有些谈诗的人认为它属于散文，不加理会，尤其是在中国，大多数抒情诗选本不会选入散文诗；有些谈散文的人认为它是诗，往往也不会给予太多的关注。

我长期关注散文诗，偶尔也写一点。我是将散文诗划入诗歌文体之中的。讨论一种文学体裁应该归类到哪种文体，最基本的策略当然是依据其情感方式、抒写方式、话语方式来考察。从这几个方面看，散文诗在内容上肯定是抒情的，以抒写作者的人生体验、内在情感为主；在表达上不追求叙事性；在语言上体现为明显的内化特征。这种看法也是大多数诗人的看法。除了专业的散文诗报刊之外，一些以刊发抒情诗为主的诗歌刊物也开设了散文诗专栏。中国作家协会主办的鲁迅文学奖已经将散文诗、旧体诗纳入诗歌奖的评审范围。

争论或许还会继续。但一个有趣的现象是，在这种争论中，散文诗的写作者越来越多，取得的成绩越来越明显，甚至在全国范围内出现了专门的散文诗学会、散文诗研究机构，一些专门的诗歌研究机构也把散文诗纳入观照视野。

在中国的散文诗版图上，重庆的散文诗创作成绩并不十分突出，人数有限，作品数量和影响也不够理想。据我的有限了解，长期且主要从事散文诗创作的诗人主要有萧敏、袁智忠、郑立、谭词发、冯琳几位，同时出版过诗集、散文诗集的有张于、周鹏程、杨犁民、白月、刘江生等。不过，正因为散文诗的特殊性，很多诗人其实都奉献了他们的作品，除了前辈诗人何其芳、方敬等，李元胜、冉冉、柏铭久、刘清泉、张远伦、唐力、金铃子、梦桐疏影、杨辉隆、海清涓等在创作抒情诗或者其他文体的同时，也不断有散文诗作品出现在报刊上。在年轻的散文诗写作者中，杨翠算是比较出色的一位。

我和杨翠见过几次，主要是在重庆新诗学会的活动上，有一次好像是在诗人傅天琳家里，交流不多，不算太熟。但我知道她最近几年一直在写散文诗，也在《散文诗》《散文诗世界》《重庆晚报》《重庆政协报》等报刊上读过她的一些作品。她要出版散文诗集的事情，是诗人周鹏程告诉我的，也是鹏程找到我，希望我帮忙写个序言。虽然杂事很多，但我最终没有推辞，主要是出于对散文诗的关注、对重庆散文诗发展的期盼。

这本诗集名为“花朵与星光”，包括“做一朵阳光下盛开的女人”“故乡瘦成一弯月亮”“一条河奔向大海”“可以歌写的存在”四辑。从所选作品来看，涉猎的题材和主题比较丰富，日常生活、乡土乡情、行旅感悟和人生哲思都在诗人的观照之中，并由此表达诗人对历史、现实、人生的多元思考，和对生命及其价值的诗意感悟。这些作品大多数都是2016年以来创作的，可能是她开始散文诗创作之后的主要作品的汇编。五年时间写出这些作品，从数量上说并不算多，由此可以看出作者对自己的写作有着较高的要求。

在这些作品中，我更喜欢那些关注人生、解剖内心、抒写人生哲思的作品，它们有更多一些的个人感悟。从杨翠散文诗的整体追求看，她善于发现和表达人与世界之间、人的内在与外在之间的不协调，并试图通过诗意的方式来迁移、减轻甚至化解这种不协调。应该说，她较好地把握了诗之为诗的基本理论，较为准确地理解了“我”之于诗的重要作用。《做一朵阳光下盛开的女人》或许可以看出她对人生的思索，尤其是对女性命运和生命价值的思考，而且敢于去把握命运、创造价值：

阳光下盛开的女人，或许琐碎会提前耗尽女人的花期，但垂下的乳房比落日下沉时更有深度。

孤独、寂寞从来都不会在阳光下蔓延，却会在温室里滋生。一朵花开在温室是何等的华贵！然而没有万物的欣赏，也只是寂寞的一朵明日黄花。

在诗人那里，阳光下盛开与温室里成长，是两种完全不同的生活方式。前者或许会凋敝得更快，但与世界交流，可以消除孤独、寂寞，生命也会体现出更多的价值；而后者可能会在孤独、寂寞中凋敝，很快成为“明日黄花”。这或许可以看成是诗人的一种人生态度，她的创作正是以这种态度作为出发点的。

诗人对生命的思考起源于家乡。家乡带给她的美好、成长、汗水以及艰难都是她创作的母题；无论是山水自然，还是家乡亲人，抑或是小时候的点滴记忆，都成为诗人思考人生、感悟现实的起点，甚至是方向。《故乡瘦成一弯月亮》抒写了诗人的成长记忆：

我回到故乡时，故乡已瘦成一弯月亮。

曾漫过房檐的瓜藤，就要去远方。

此刻，贴着瓦片亲切耳语，或许更愿一直攀附在无数次摔倒、又无数次爬起的泥巴墙。

“无数次摔倒、又无数次爬起”可能是成长中的事实，也可能是成长历程留给诗人的心灵回应。无论哪种情形，都在诗人的人生旅途上留下了印记，甚至在生命中刻下了痕迹，自然会成为“月亮”一般的存在。

《在灶屋里》写的是长辈的人生。可能很多人不知道“灶屋”是什么意思。简单地说，就是现在通常所说的“厨房”。诗人使用的这个名称，具有年代感、地域性。在并不久远的川渝乡村，厨房使用的是土灶，烧的是木柴，因此才有了袅袅炊烟。

我不敢与时间对峙。它永远是胜者。它有无穷的力量能把今天变成昨天，把昨天变成过去，把过去变成回忆。

或许再经十年、二十年、三十年，时间也会把我变成她们。

安静，是对时间的敬畏，是想把这些温暖的画面，镌刻成纸上的河流，用竹简的墨香，把心事写成一千个、一万个故乡。

诗人通过对这种年代感的抒写，感悟的是时间的公正和它的残酷。但是，正是因为时间，对于曾经经历过这一切的人们，记忆总会不时地浮现在眼前，流动在生命里，成为美好的记忆，成为长久的“心事”，成为安静的回味，也成为诗歌的“原乡”。

说到时间，我想起了杨犁的《时间的想象》：

时光催生每一树的年轮，老掉一节节树枝。而我，疼惜每一根断落的枯枝，珍藏每一片被遗落的叶，红的，绿的，黄的。

就像珍藏生命的每个过程。虔诚。悟性。

我把拾掇起的每片叶子，轻轻夹进书中，等待与时间一起发黄。

泛黄的叶，泛黄的根茎，蕴藏着大自然里吮吸的岁月、苍穹。与书、与文字一起。沉淀。流淌。渗透。从远古，从三皇五帝至现代文明，经数千年的浩瀚，锤炼。

我用生活来喂养书里的文字，包括幸福、笑容、眼泪和沧桑。我把文字喂养得和时光一样有分量。万物寂静，日月交辉，亦能听见文字撞击时光的声响。

一书，一行，承载经历、过往，或喜或悲伤。我躺在泛黄的叶上品着时光，和时光一样久远的文字。

诗人是清醒的。她感受到了时间的残酷，体验到了时间带来的一切：记忆、美好、沧桑、失落……但她并没有因此而惊慌，而是在时间的流逝之中，修炼自己，尤其是修炼内心，努力与时间达成和解，让生命因为时间而充实，让人生因为时间而丰富，让自己成为时间长河中的一道《风景》：

靠着车窗，我用疲惫把窗外的田野、村庄、树木、山梁写进身体。
那些退后的物体，让视野眩晕。
像一幅镜头里的画面。
季节的风吹寒土地，一只小鸟装饰着一树枯枝。
翻过一匹山梁，似乎是我老家的模样。
我的村庄，在画里清晰起来。
窗外是我的风景，和谐号是小鸟的风景。
我是和谐号上站着的风景。

随着时间的流逝，“疲惫”“眩晕”是必然的，但诗人在这种流逝中看到了世界：枯枝、小鸟、土地、山梁、村庄，而“小鸟”“和谐号”“我”组合成流动的世界，也组合成生命的风景，相互照应，相互依存。

或许正是对这种“风景”的迷恋，面对历史与现实，诗人有时充满奇妙的想象，《星空飞船：浪漫》是这样写的：

是不是坐在船上在黑洞里下滑，我没有体验过。
站在滑道出口处，我虚构一场浪漫：
让所有的梦都睡在星空里。
一种潮湿，不是山谷，是黑夜里的童话。
船是飘飞的，也是滑行的。
允许把黑暗里的尖叫，长成星星的尾巴，
冲向海子的那抹蓝。

我捂住嘴：在山脚傻傻地笑。

这是真实，也是虚幻；这是现实，也是想象；这是记忆，也是梦想。我们在这里感受到了诗人特有的情感方式和精神特质。这种“浪漫”带给诗人的是面对现实的勇气，是寻觅未来的力量。只要心中充满美好，即使再艰难的岁月、再忙碌的奔波、再庸碌的人生，诗人也可以从中寻找到新奇、寻找到欢笑，哪怕是“傻傻地笑”。

由此，我们或许可以推测诗人喜欢旅行、喜欢在旅行中感悟与思考的原因了。她需要努力突破岁月的平庸，突破生活的无味，突破生命的平淡。诗人离开熟悉的地方走向“远方”，放松心情，放飞自我，敞开心扉，在陌生的环境、氛围中关注历史、现实，本身就具有新鲜感，《塘坝工笔记》等作品就具有这样的特点。但是，旅行者在很多时候只是“过客”而已，放松、放飞、敞开可能只是短暂的，对当地的历史、文化难以获得深度考察，更难以将其和诗人自己的人生体验达成无间的融合，所以个别作品显得不够深入，表达不够新颖，存在表面化的“粘贴”情形。在我看来，杨翠还是长于在记忆中寻找美好，在驳杂的现实中思索人生。“远方”只是一种调剂，代替不了向内的打量。

时间是残酷的，但也是公正的。杨翠创作散文诗的时间不算太长，能够取得现在的成绩，是值得肯定的。但未来的路还很长，散文诗艺术也在不断发展着，很多写作者都在思考、摸索、尝试新的题材、主题，在文体建构、话语方式、精神取向等方面展开探索。如果视野开阔一点，我们会发现，仅仅是散文诗这个“小文体”，也已经形成了一道多元而亮丽的风景。希望杨翠不断积淀，多关注一些优秀的作品，不只是散文诗，甚至不只是文学作品，而后在作品的深度、广度、厚度上下功夫。随着时间的演进，她定然会在安静而执着的坚守中获得更大的收获。

到那时，杨翠一定会感谢时间！

2021年12月9—11日于重庆之北

蒋登科，中国作家协会会员，重庆市作家协会副主席、西南大学教授、西南大学出版社副社长。重庆市中国现当代文学学术带头人。出版《九叶诗派的合璧艺术》《中国新诗的精神历程》《重庆新诗的多元景观》等学术著作近20部，曾获重庆市“五个一工程”奖、重庆文学奖、重庆艺术奖等。

序二

微光照亮的世界诗意荡漾

周鹏程

一

杨翠打算把这本集子献给她的女儿和儿子。

真是爱子心切，或者可怜天下父母心。

或许，月月和阳阳现在并不能读懂这本散文诗集，但是将来到他们懂事的时候，一定会深深感谢他们的母亲。

可能，这是该书的未来意义——母爱洁白无瑕。

二

杨翠热爱诗歌，在散文诗领域，下的功夫更大。这让我很欣慰，她把诗写得更加自由。就像现实生活里的她，忙碌而幸福。

散文诗并非新时代的产物。在中国新文学中，散文诗是一个引进的文学品种。1915 年 2 卷 7 期的《中华小说界》刊登的刘半农用文言翻译的屠格涅夫的四章散文诗，是外国散文诗在中国的最早译本。1918 年 4 卷 1 期《新青年》发表的首批新诗中，沈尹默《人力车夫》就是散文诗；同年同卷5期的《新青年》发表了翻译的印度作品《我行雪中》，文末所附的说明指出它是一篇结构精密的散文诗。“散文诗”这一名称从此开始在中国报刊上出现。中国现代文学巨匠鲁迅、郭沫若、矛盾三位大家也有散文诗作品。放眼世界文学，散文诗更是群星璀璨，高尔基的《海燕》、泰戈尔的《飞鸟集》，等等，耳熟能详。

散文诗可以抒发丰富的感情，可以表达深刻的思想内涵。20世纪80年代，散文诗在中国掀起一个高潮，爱好者不断涌现。直到今天，散文诗的热流还在上涨。中国作协已经把散文诗纳入鲁迅文学奖评选范围。毫不夸张地说，有一半以上的中国诗人都会写散文诗！中学、大学课本里都收录有散文诗。散文诗前景可期。

当下中国散文诗比较活跃，涌现了大批优秀散文诗作家，譬如王尔碑、邹岳汉、耿林莽、冯明德、周庆荣、龚学敏、刘虔、黄亚洲、亚男、亚楠、海梦、蒋登科、王幅明、陈惠琼、蔡旭、夏寒、牧风、许泽夫、王琪、庄伟杰、霜扣儿、李俊功、黄恩鹏、卜寸丹、陈旭明、王剑冰、箫风、爱斐儿、宓月、潘志远、扎西才让、方文竹、崔国发、封期任、王猛仁、钟建平、栾承舟、堆雪、高伟、徐澄泉、雁歌、孔坤明、唐力、海清涓、施迎合、郑立、杨志学等（这里挂一漏万），他们对中国散文诗的发展在默默贡献自己的力量。

杨翠是新锐散文诗作家，值得关注。

三

“花朵和星光”，是杨翠这本散文诗的主题。“一片云朵带走了一些山岩，溪流，青草。时光，静止……”“灯光亮了，星光亮了。山岩退后村庄十里，围拢夜色。”“花朵”“星光”两大意象体现了这位年轻女诗人对美的热爱和追求。热爱美，追求美，就有了诗意。杨翠的散文诗章，正像洁白的云朵，飘逸而纯净。

作为多年诗友，我对杨翠的创作十分熟悉。在很多小的聚会上，我都当众赞誉过她勤奋好学，才情丰沛，为人谦逊，总是向别人虚心讨教。

她常常用母爱之心感受生活，因此她的文字柔情似水。

如何把诗、散文、散文诗三者区别对待，在创作时不混为一谈？

诗是文字，诗又不仅仅是文字。诗有思想，诗又不仅仅只有思想。散文诗具有诗的内涵，或者说它的灵魂是诗。诗的散文是指具有诗意的散文，不是文字分行的散文。

这，需要钻研，需要探索。

散文诗少不了抒情，恰如其分的抒情会把人类感情的暗面照亮；由暗到亮，同样也是由冰冷转换为火热的过程。

这，需要十年磨一剑的韧劲。

写作就是苦行僧干的事；写诗，更是费力不讨好的活。在诗歌泛滥成灾的当下，想当诗人，勇气可嘉。

这，需要写作者端好斋钵，披好袈裟，双手合十，向生活讨要美文。

四

杨翠是一个天资聪慧的诗人。她诗文的精神气场来自她对生活的知遇之恩。

她是两个孩子的母亲，一手牵一个宝贝，快乐而行。

她是一家工程公司的技术骨干，负责大量具体事务，负重而行。

她是两家诗歌刊物的责任编辑，给自己的梦装上奔跑的脚，踏歌而行。

向大师学习，就是要学习他的学习之法，学习他的做人之本，学习他的为文之道。我以为。

记住散文诗前辈柯蓝的话：因为有了真诚，我的头从不低下；因为有了真诚，我的眼光从不躲闪。

散文诗写作的两个边界，同样是人文关怀和社会关怀。两种关怀都离不开真诚。

杨翠的性格最大特点是真诚，杨翠的散文诗最大特点是真情。真诚、真情，她一直在坚守。不久前，我在写给一位诗人新诗集的序里说过，诗歌高度含蓄地把生活和现实锤炼成白纸黑字，它的意境立起来比山高，躺下去比海阔。

在这本集子的后记里，杨翠说：我的文字其实我就把它当作油灯，光照很弱，甚至需要极近地听听文字的声音，你才能感知它的存在。但是我以为它是真实的，每段话，每个字，每一行，它都是我内心深处的回响。

这就是诗人杨翠。

我从她的散文诗《牡丹之语言》里摘录几句，共勉：“一个花瓣是一个眼神，一枝花朵是一种语言，岁月都生长在根茎上……所有的语言都是从根茎里发出的，吐露在花朵上，读懂在眼神里。/花开不语。一朵照一朵，朵朵互尊重。”

微光照亮的世界诗意浓浓。

这百余首（章）散文诗，就是百余束结伴而行的光芒，它们照亮了一个诗人的全部生活。

一个无边的世界。

五

杨翠整理好她过去几年的心情，谱写成美丽的诗行，等待读者检阅。

从《做一朵阳光下盛开的女人》《故乡瘦成一弯月亮》《一条河奔向大海》《可以歌写的存在》四辑的小标题可以洞悉，杨翠精心把流逝的时光做了一个完美的小结。

献给至爱。献给故乡。献给未来。

2018年，《散文诗》杂志发表她的散文诗《时间的想象》，里面有一段话，令人深思：“我用生活来喂养书里的文字，包括幸福、笑容、眼泪和沧桑。我把文字喂养得和时光一样有分量。万物寂静，日月交辉，亦能听见文字撞击时光的声响。”

《花朵与星光》四辑，需要慢慢品味，百余首（章）这里无法一一评论，出版后读者一读便知。不论怎么说，我相信，人品与作品往往是融为一体的，人品决定作品，这是这本集子让人期待的基础。

我们常常怀念时间，以及被时间带走的一切。

杨翠把失去的和得到的，都藏于微光照亮的文字里。“千淘万漉虽辛苦，吹尽狂沙始到金。”

希望杨翠在时间的追忆里有一个童心永存的自己！

希望杨翠在今后的散文诗创作上突破传统的陈腐、直白、教化，与时俱进！

祝福杨翠！

祝贺杨翠出版第一本散文诗集！

2022年5月14日于渝之西郊

周鹏程，中国作家协会会员、重庆市作家协会报告文学创委会副主任、重庆新诗学会副会长、重庆报告文学学会副会长、重庆市新闻媒体作家协会副主席。著有诗文集8部，在全国各大报刊发表作品若干，曾获重庆市“五个一工程”奖、重庆文学奖。

目录

CONTENTS

第一辑　做一朵阳光下盛开的女人

第二辑　故乡瘦成一弯月亮

第三辑　一条河奔向大海

第四辑　可以歌写的存在

《福建古楼》马珑月　2022年6月　9岁

第一辑

做一朵阳光下盛开的女人

《像鱼》　马珑月　2022年5月　9岁

日子

日子。已闻到春的气息。

捏一把泥，把日子种在土里。生根发芽。用山里最纯的井水浇灌着，守候日子开花。

开桃花红李花白。

走过春夏。满满的果实挂满秋天，压弯了日子的腰。等到果实成熟时。

岁月的皱纹早已布满日子的额梢。

发表于《散文诗》（2017 年 6 月上半月）

土地

我问禅。

土地一直是我念经的一盏灯。

在尘世，土地漂洗流言和苦难。种因得果。

翻种土地是需要智慧的。结出的果子无论酸甜也只有咽下。

土地是富裕的，土地也是贫瘠的。

我饮酒时，土地就更瘦了。

不把悲伤种在土地里，也不把傲慢种在土地里。

敲敲木鱼，就会生长出祥和的土豆。

发表于《零度诗刊》（2019 年 2 月第 32 期）

醉一回在枫叶林

再尝一口秋天的酒，醉一回在枫叶里
再做一回浪漫的梦，把苦涩酿成青涩的时光
枫叶从枫树上飘落，飘飞在秋风中
一条长椅安静地在一棵枫树下
一片红叶在长椅上落下
一些红叶铺满一地
一些在风里翻卷。张开双臂把自己放飞
把一切苦涩放飞，把一切梦想放飞，把一切爱放飞
把生命放飞。捧起一丛枫叶抛过头顶
我的天空此刻是多么的斑斓啊
让我再醉一回在深秋的枫叶林

发表于《重庆晚报·夜雨副刊》（2018年11月5日）

倒听弦

一架横空的六弦，用一曲天外流云拨出水声月痕。

一口井是另一口井的红尘，一株草是一丛草的缩写，

一滴水是一条江、一条河的岁月。

场面在旷野宏大。

极远极远的旷野，高山流水，沧海琴音。

极远极远的古老，浮华寂寞无声。

发表于《重庆科技报·副刊》（2022 年 6 月 7 日）

红尘外的茶香

人心，冻结。

有道伤口正慢慢褪色，有条痕迹如掌纹，深，抹不去。

孤寂徘徊在乱坟冈上，蓝火忽隐忽灭。

是谁，瘦了身子，等待那火的灭？

几许风，吹过窗台，俘越几家横梁。

惊醒了瘦身的人，惊起几行泪，如丝，绵长。

思绪如昨，嵌进黑夜里。

那立窗人，剪断了风，埋去那夜的凉。

红尘外的茶香。今夜，为谁续上？

醉了客家人，落一地琴音。清冷。沉长。

收录于《源·散文诗》（2016 年第 2 期）

风吹山野

一个人，在大片叶子里醒来，在大片金色里醒来，在风吹山野里醒来。

那些若隐若现的麦子，那座若隐若现的石桥，那个背着布书包走在路上的小女孩，像秋天的枫叶林，那么近又那么远。

路，藏着一滴盘古斧的泪。

阳光在泪里翻滚，尖刀在泪里翻滚，丹青在泪里翻滚。一层一层像麦浪，一层一层像飘落的叶。

村庄在山坡下褪色，牛羊在山坡上褪色。一大片一大片低头，一大片一大片沉默。高高在上的秋，藏在，一山一山的黄里。

理想向田野大片大片地倾倒。如我的人间底色。

发表于《重庆晚报·夜雨副刊》（2022 年 5 月 25 日）

秋天的王朝

这秋，真来了。

把我的一夜秋梦沉醉在秋月照亮的夜色。

我穿越大秦的兵荒，穿越盛唐的古风，穿越我曾经的那世轮回。

在绿萝的小窗、旗帜飞扬和一池秋雨巴山的清晨，醒来。

醒来，就好。醒来，真好。

我用体内的荷尔蒙激情，来拥抱。这满载一千年、一万年、一亿年，乃至更久远的历史遗韵的世界。

我流连的城池、布衣、茶馆、红楼、马车。

我俯身亲吻的青石、红瓦、亭阁、佛塔。

我清瘦的王朝，我破旧的战袍，都已留在我醒来的记忆。

我用饱含满目的秋水，来盛装。穿越的世界，狂奔的时代。

落叶，把时间掩盖。烂在土里。

2016 年 9 月

风景

靠着车窗，我用疲惫把窗外的田野、村庄、树木、山梁写进身体。

那些退后的物体，让视野眩晕。

像一幅镜头里的画面。

季节的风吹寒土地，一只小鸟装饰着一树枯枝。

翻过一匹山梁，似乎是我老家的模样。

我的村庄，在画里清晰起来。

窗外是我的风景，和谐号是小鸟的风景。

我是和谐号上站着的风景。

发表于《北方农村报·副刊》（2018 年 7 月 7 日），收录于《诗人年鉴》（2018 年总第 3 期）

十里桃花

一月的木门吱呀关上，二月打开一扇在时光里旧了些年月的窗。

灰尘落在一月的门上，也落在我坐过的地方，那个地方它叫：十里桃花三生三世。

我是啃青草的羔羊，误闯入二月，咀嚼着在青草上的一整片春光。

是谁在窗前给春光浇水？花瓣飘飞在肩上，阳光刚好照见。

一只狗从窗前走过。

一片云朵带走了一些山岩、溪流、青草。

时光，静止……

二月呀，呵！

只要一开门，春色关不住地奔跑进三月。

你寻我是三月里的哪一树桃花，我寻你是春天里的哪一路赏花人？年华烙上水痕，岁月空出一条三月的河。

这条三月的河呀，不再只是膜拜一棵伟岸的树，而是要流向整个春天。

发表于《重庆晚报·夜雨副刊》（2022 年 5 月 25 日）

春雨

春雨。悄悄地来又悄悄地去。把黑夜淋湿在窗台、树枝、田野、山川、河流，直到把春渗透。

清晨。窗外，一江春意。柳枝上的新芽被江风吹来吹去，很是欢喜。一树开花的枝头，被风吹开的新叶。像婴儿般的笑脸，纯洁。伸手向春风中扑来。

露珠，从花的枝头滑落。浸透进根须的地里。给根，给泥土，一种生命的力。失重的花枝，从上至下从左至右点点枝头。然后，安静地等待，春雨再来。

发表于《重庆晚报·夜雨副刊》（2022 年 5 月 25 日）

草春天

春天，藏在草地里；草，藏匿在书里。

翻开一页书。风吹落了一个个字符，种在草丛中。

字符的藤萝挂满各式标点符号，开往童年的火车。

它们永远生长在书的空隙处。

安顿着时光，和两只嗷嗷待哺的羊。

而我是那只哺仔的母狼。

时常用干涸的乳头，开春的书，去放羊。

发表于《大西北诗人》（2018年第1期）

听春天的声音

我靠在一棵开花的树下，听花开的声音，给春天一个深情的吻。

阳光暖着犁背上的土地，破冰的声音从溪流汇入大海，故乡在远方醒来。

燕子从他乡飞回故乡，呢喃的声音叫断了寂寞的窗台，横梁结满着旧垒新巢。

老汉牵出一头黄牛，牛呀“哞哞 ……”在水田里写出一个“耕”字，把春天犁成一道风景。

一群人在草地上，追逐着风跑，风赶着云跑。天空活了。

大地也活了。

坐着，站着，躺着，靠着，春天的声音从四面八方围拢来。

我携万种风情，投入春天的怀抱。

2018 年 3 月

盛开来婉约

低头走路，我怀抱一撮乡间的泥土，如同怀抱着一棵树，春天跟着移动。行道旁，未名的白花撒落，一地无言，沾染上路人的衣肩，寂寞和浪漫都被勾搭，所有内心的秘密，被这一树树白花给解语。

说一些惆怅，再偷窥一丝春光。孕育。一厘米一厘米地撕裂。大地在颤抖，树枝在颤抖，山坡上的庄稼在颤抖。在这些颤抖声里挤出了干净的啼哭声。

“咔嚓咔嚓”，冰口破了。溪水像一群孩子在山涧奔跑。

山涧是离春疼春醒最近的地方。

喝过山涧水的孩子，与春天格外亲近。因为他们懂得，春天呐喊的声音意味着什么！

多么好的阳光！我开始在这个季节的纸上松土。在雨水里种春，在身体里种上倔强和信仰，在泥土中刻上生命和桃花。

春天盛开来婉约，肉身很干净，隐藏的寒被春词消融。

2020年3月

安静的荷

1

莲从古代历史走来，不蔓不枝。

从旷野到宫塘，从宫塘到池田。不因花开宫塘而骄傲，不因叶铺池田而哀叹。

这六月花神，向着蔚蓝，生长。

低于池边的一棵树、一座断桥残垣，低于一片月光和万里星空。

以置身于黑暗的身形，以一种独有的姿势佛座，把来生净化成一株灵草。

像菩提。四大皆空。

2

静，是荷花的本性。

不管世间花开千般红，只做一名安静的凌波女子。

蛙鸣静下来时，世界也静了下来。

世界静下来时，我也静了下来。

一朵荷花傲立于清晨的画里。

有些静是一种表象，有些静却根深于骨子。

像一个城市的建设永远也静不下来。

像一个人的欲望永远也静不下来。

而我看见的钢筋工在捆扎钢筋时，一直很安静。

我看见环卫工在小区清理垃圾时，一直很安静。

我看见汗流浃背在田里割谷子的父亲，一直很安静。

3

一朵荷花只是世间的一粒尘埃，一朵荷花或许只能度己。

一千朵、一万朵遥相呼应的荷花便能净化尘世了。

一朵莲的心事，如同钢筋工的心事、环卫工的心事、父亲的心事。

一朵莲叠起的万顷荷塘，和一片华夏，就可立世直挺不弯。

一个受莲性熏陶的民族，也会和莲一样在黑暗中托起一片光明。

发表于《三峡诗刊》（2019年6月总第56期），收录于《2019中国魂·散文诗百名诗人诗选》（读书文化出版社）

极寒下梅的品质

我是多么希望我的笔尖有更沉的力量。

可以把只在寒风中才散发的香，聚在一张朴实的白纸上。

我的诗歌中，一本散文诗书。经过时间泛着黄。

而那双手割过猪草，摸过泥鳅，长过冻疮，画过素描。

还写过关于故乡，关于爱情，关于远方。

一束蜡梅的极寒，被握在手中，和我闻到的风一样，香。

极寒极香的品质，在我的诗里，在那双手上。

2016 年 12 月 29 日

水之意象

水扶着万物向下。水只能往低处流？

水生三界，可以在宇宙自由行走。

给它一件外衣它便幻化无形，像空门的空。以一种禅静存于万物之中，不卑不亢。

给它阳光它则会从大地之低尘升起，躬身于一朵云，万里穿行。

给它一股风它就回到万物间。

哪怕一滴水初次与一片叶动情，它与万物从不陌生。

给它一些台阶，它便会用通体的足跳出行走的韵律，一阶一阶走出生命的水花。

水的一生都以低于万物的姿态行走。万物对它的敬仰则是：要么生长得比它还低，要么托举它在万物之上。

水是生命之灵。水的悟境，可以点化一切生灵。

山石再高，灵魂都会动摇。

只有水低于脚下时，山就安静灵性了。棱角也化为一种姿态。

树木再绿，灵魂也有枯萎。

一滴水浸透叶脉根须时，树就律动灵性了。挺拔也是一种姿态。

人是世间万物生命的一粒微尘，以水的凝聚形态流动。

人比万物多了一种无形的思想，思想非万物生。思想可以超越自然。

人却终归以水的液态归化自然。

万物皆相依相存，万物皆怀大爱。

万物生，万物灭。

一滴水滴落的声音，万物虚空。

发表于《江淮晨报》（2021 年 1 月 30 日）

落叶记

所有的树叶在一起时，它们只是树叶。当独自安静地躺在地上时，一片树叶就有了故事。

有故事的又何止是躺在地上的树叶，躺在地下的人更是有一生的故事。

落叶落下时都是有泪滴的，人躺下时也是有梦想的。

一只蚂蚁在一座土丘前停止，掉头，又回过头绕过它，继续前行。一只脚停在半空中，一只脚跨过落叶，远去。

爬着爬着可能就成了一片落叶，走着走着可能就有了故事。

飘飞时是从容的，落下时也是从容的。

发表于《零度诗刊》（2019 年 4 月第 34 期）

爱情邮局

假如我是那上京赶考的翩翩公子
假如我是那游历山山水水的霞客
我就在我的包里建一个邮局
专门邮寄关于爱情的只言片语
每到一个客栈我就邮寄一封
每到下一个客栈我就拆开一封
我的爱就像雪花染白了每一个脚印
我的情就像山川流水抵达每一寸山河
我的爱情就是一个邮局
那些旧时光一直在等待的路上
那些旧爱情一直在邮局来往

发表于《北方农村报·副刊》（2018 年 6 月 23 日）

写你

有些影子高过天空，只需走我们的路。

那些曾经的你，如一块穿越的石头，重重地把一堆记忆砸出浪花。

那些浪花，时而刺痛完美的肌肤，时而给心灵一个撞击。

都是泡沫，像褪色的空气。

我的天空已高过那些幽幽小曲。

发表于《长江诗歌》（2018 年第 7 期）

雨夜

刀刻上的印迹。清晰

风沙沙，瓦罐斜躺在角落，似乎有一个世纪。千年忧郁，只剩下残缺，记忆

问他来自哪里？仿佛听见楼兰女人的低语。轻柔

雨。温柔的纯洁。依偎在谁的怀里？抚平谁的沧桑？梦里，还能感觉女人的香

那个楼兰女人，轻纱蒙面，从雨里走来

收录于《源·散文诗》（2016 年第 2 期）

做一朵阳光下盛开的女人

世间花有千万种，世间花亦开千般红。

开成何种颜色的花朵，由它的根决定。长出什么样的韧性，由它的生命决定。

一些花儿一直在阳光下盛开，一些花儿悄悄地开在温室里。

阳光下盛开的花朵总是同日月落下又升起。温室里开出的花朵，不知阳光的冷暖，也感受不了月光的皎洁。

一朵花开的过程如同一个女人一生的经历。

少女是花蕊。

少妇是上午渐渐展开的花瓣。

中年妇女是正午花开最盛的花朵。

老年妇女是黄昏落日斜照最有质感的花骨。

女人恋爱、结婚、生子、育娃、操持家、上班及旅行是一朵花在尘世绽放生命力的精彩，是一朵花在阳光下开放的魅力。

它吮吸根赋予的生命，开自己独特的色彩。

阳光下盛开的女人，或许琐碎会提前耗尽女人的花期，但垂下的乳房比落日下沉时更有深度。

孤独、寂寞从来都不会在阳光下蔓延，却会在温室里滋生。一朵花开在温室是何等的华贵！然而没有万物的欣赏，也只是寂寞的一朵明日黄花。

一朵花如何开，开在什么地方，取决于花自身的特点。

一个如花的女人如何开，开在什么地方，则取决于女人价值观的本身。

做一朵阳光下盛开的女人，一世倾城。

发表于《嘉陵江》（2018 年 5 期总第 47 期）

一片落叶在手掌的分量

树木把根扎入土地，把内心的爱也扎入了土地。

像一个孩子一点一点在母亲的怀里长大。

把梦想伸向更高远的天空：与空静对话，与日月星辰对话，与我们对话。

我们用双足扎根在土地之上，在时间之外。

我们与树木像修炼的太极，一吐一纳。

我们穿过城市，穿过沙漠，穿过一条街和一栋钢筋水泥的楼宇，

我们的身后都站着一排排树木。

风雨在树木之外，黄沙在树木之外。

只有我们在树木之内，它是我们的兄弟。

砍去一棵树，也就是在一点点砍掉我们的手足。

只有树木自由地爱上这片土地，才有我们灵魂伸展的地方，才有我们自由奔跑的方向。

爱一滴水从叶上滑落的声音，爱一片叶落在手掌的分量。

发表于《江淮晨报》（2021 年 1 月 30 日）

爱每滴露珠

水是有限的。你看到的江河湖泊、大河小溪，只是我们眼里的一隅。

冰山在消退，地下水在消失。多少代人后，冰川消尽，土地开裂。

只剩下一个人流干最后一滴眼泪。

只剩下最后一棵树在风里呐喊。

只剩下最后一条河不知流向何方。

我们现在听到破冰的声音、河流哗啦啦的声音、大海浪潮的声音，

只能在一台裂开嘴唇的影像里再现。

爱每滴清晨的露珠，我们的家园才会在星际流出绿水青山。

2020 年 6 月 10 日

每串笑声，都是最动听的音符

1

来人间，我在低处，日子在高处。

阳光，从嘉陵江远岸的山头，斜斜透过窗户落在茶几上。

江水载着日子和落霞，勾画出归去的线稿。

2

我听见时间开枝散叶。

我不写钟摆滴答的节奏，我写低头的笑容。

我不写日子的琐碎重复，我写门框上每年生日画上的高度。

我不写眼泪，我写墙上那些歪歪扭扭的汉字：爸爸妈妈，我爱你！弟弟，我爱你！妈妈生气了，妈妈不爱我了！妈妈，月月爱你！

我不写生活的一砖一瓦，我写推开门屋子里蹦出来的拥抱。儿子在左，闺女在右。闺女在前，儿子在后。

我不写行走的坡坡坎坎，我写那一张小小卡片上画满的心形：妈妈，我不长大，你就不会老。

3

世间一切的美好源于我们心灵的敞亮。

每一串笑声，都是世上最动听的音符。

我选择做一个记录者、感受者、参与者。

家是我记录的空间。孩子、他和我是撑起空间里的几面白色的墙。

我们用每个人的成绩、收获，相互包容，依赖、理解、支持，汗水、疲倦，信心、付出……所有元素把如白纸的墙描绘成彩色的日子。

日子在空间里生根发芽。

开出孩子的串串笑声，朗朗书声。开出外婆、奶奶、爷爷、外公一脸幸福的褶皱。开出他和我不着痕迹的岁月。

4

我们一起去远足。

火车第一次载着孩子的好奇，穿过许多的城市、村庄、河流、田野。外滩的游轮第一次把夜上海的一轮明月请入孩子的视野。

梦幻的迪斯尼乐园让兴奋了一天的孩子，带着微笑进入梦乡。

在自然博物馆，孩子与更多的生命奇迹零距离接触。

孩子在探寻，而我在最好的时光，最好的地方，种下希望。

5

一口米饭一口米饭的喂养是生活，一笔一画的书写是人生。我家的故事，在最平凡质朴的生活里滋养。

发表于《重庆晚报·夜雨副刊》（2021 年 1 月 22 日）

牡丹（组章）

牡丹之寓意

寓意不是想象的命题。

而是牡丹血肉开放的本色，体内无须修饰所蕴含的本色，根生于土壤的本色，绝唱生命的本色，一生不褪色的本色。

本色之内，只在自己的风骨里开花；本色之外，乃千年不苟且。

圆满，浓情，吉祥，幸福，华贵。

花型的宽厚是王者的富贵；花瓣紫色是美好与浪漫。

白色牡丹开出守信的人；绿色牡丹绽放生命期待；

粉色牡丹朵朵含蓄动人；黄色牡丹一簇一簇耀着永恒生机；蓝色牡丹就那么优美高雅地不惊于世；黑色牡丹呼吸本色里的生死大爱。

牡丹根生于华夏，根生于土地。

牡丹花开几千年，乃我中华文明延绵赓续之大寓。

牡丹之语言

一个花瓣是一个眼神，一枝花是一种语言，岁月都生长在根茎上。魏紫，赵粉，姚黄，豆绿……所有的语言都是从根茎里发出的，吐露在花朵上，读懂在眼神里。

花开不语。一朵照一朵，朵朵互尊重。辽阔大地，一顷赶一顷：洛阳—亳州—彭州—菏泽。每一簇花，都有一座大山的脊梁在支撑，苦难和高贵都在一朵花的语言里。

牡丹入《诗经》是一种文化语言，牡丹入《神农本草经》是一种生命语言，牡丹入《洛神赋》是一种精神语言。

王者不宣的语言，更是一种复兴崛起的语言。

牡丹之刘河湾

两株牡丹 168 年，以花期延续一种情意，以根须生长一种品行与人格，以叶散记录千古师恩。

刘河湾刘氏宗祠，两株牡丹开满了牡丹花，一朵一丛一簇。几名女子穿着开满牡丹的衣袂，飘飘于牡丹花间，分不清哪朵是牡丹，哪朵是姑娘。

走出宗祠，更多的牡丹像仙子、像圣母，开于土地之上。

远远地，牡丹之香从刚下过雨的清冽中入鼻。

这哪是一朵朵花？这是一朵朵人见人爱的女子，这更是一朵朵人见人爱的君子。

我爱这凡间女子，我亦爱这人间的君子。

牡丹之气质

一朵也是王，一朵也显贵。

她和祖先的足迹一起行走。听祖先的诗词歌赋，金戈铁马。从山野中来，到山野中去。不因宠爱而骄傲，也不因放贬而失骨。

开于溪边让山水增色，开于宫廷让华丽失色。不争而自贵。

牡丹呀牡丹。你的气质长在根茎里。你吮吸的是华夏大地的灵气，你的花瓣散发的乃是华夏儿女的气质。

2021 年 7 月 31 日

人生应当如诗

生活是日子，是柴米油盐酱醋茶。
人生却不应当如此，
除了柴米油盐酱醋茶，
还有历史、考古，
散文、爱情，
诗歌、旅行，
上帝与佛。

与我们交往缘浅的人
如同一首短诗，有些话
无须太多，几句经典即可。
与我们交往缘深的人
如同一首长诗，句句是经典，
一直读下去，直到
生命终止。

争吵不必计较，那是
泼墨的诗。
喜悦浅浅保持，那是
写意的诗。

闲来时，
来次说走就走的旅行，
背包里只放一卡一证件，
一笔一素描，就好。
闲来时，
约上闺蜜喝茶聊天，
聊股票红红绿绿聊孩子暖心淘气，
喜悦自不必说。

有阳光的时候，
捧一本书，
要精致些的，
冲杯咖啡，不喝，就让味道弥漫着，
懒懒地斜倚着，
累了，
打个盹，
阳光偶尔晒到脸上。

每天

有那么一些时间
陪伴孩子，
或是像孩子一样游戏，
或是在音乐里煮一厨房都爱吃的美食，
或是讲一个童话故事，
或是读一首别人的好诗，
孩子们可能会没有听懂，
他却会感知。

每周
有那么一次和妈妈逛街
陪爸爸闲聊，
他们其实很忙，
但是，
我想。

日子闲淡，也一定要充实。
时而淡淡地忧伤，时而华歌高唱。
似婉约似豪放，
把咖啡喝出甘甜，
把红酒品出质感，
如诗般的柔，像诗一样
温暖。

人生，
活得应当如诗。
如诗般的美，
像诗一样随意，
或长歌或短句，
每句都是诗中不可或缺的
诗行。

像诗一样的日子，
何来愁怨？

发表于《银河系》（2018 年春总第 103 期），《重庆晚报·夜雨副刊》（2023 年 2 月 17 日）转载

观康定斯基《我的起居室》速写

——总是有一些画碰触我内心的软肋，看着画，我可以像画画一样速写文字，也包括内心。

色彩，色调，是那么鲜明，也是那样令人舒服，把我的心包裹在一个斑斓的世界。

这里是最安全的防护，热闹而宁静。没有人没有事物可以打扰藏在内心的天空。

一个舒适的童年构建。绿色的门框，粉乱的墙，一堆可以想象的物品散在桌子上。

一把椅子或是有年代的静止在屋子里。陈旧的柜子靠在墙的一角，好像可以看见贮藏的物品从柜子里走出来。那个童年也在从结构深处走出来，碰触左右心房的鼓动。

吊灯比所有物体都有空间维度。内屋的陈设看不清晰，但可以感觉，那也是一个舒适的空间，杂物散发着陈旧的味道。如同厨房飘出来肉在锅里翻滚的味道。

多么有时间感的鲜艳的屋子。

在我结束我的想象前，一扇门吱呀一声打开。

2022 年 5 月 10 日

《向上的花朵》　马铭阳　2022年6月22日　6岁

一段红墙残缺出一角，一个有质感的异形花瓶，像是长出来的，又像是嵌入进去的，延伸着自己的瓶身。在一片黑的笼罩下，开出向上的花骨朵，给这寂静的黑一朵希望。

——阳阳妈妈

第二辑

故乡瘦成一弯月亮

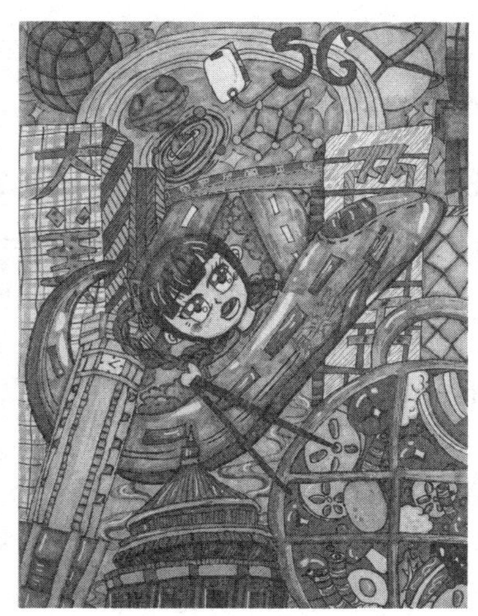

《大美重庆》　马珑月　2022年5月　9岁
2022年荣获全国第十届少儿美术杯年度艺术展评一等奖

乡村

乡村。错落的瓦舍在画里。

走过素描的冬天，金色菜花黄暖透枯枝的忧伤。阳光洒满村庄。村庄就在碎冰的声音里，醒来。老牛把希望犁在田里，黄昏被犁成一道风景。

走过黄昏的村庄，风吹来稻花的香。丝瓜、南瓜、豇豆、番茄，结满村庄的泥巴墙。

辣椒、玉米、高粱，沉甸甸装满秋天。压弯了秋天的脊梁。布满额头的岁月，质朴笑容，被盛进晴朗的晚空，沐浴在月光中。每夜。草垛下、池塘边，蛙鸣高声合唱。村庄醉了。村庄睡了。

远远的乡村。雪。轻覆着繁忙，村庄安静地在画里，无声无响。

发表于《威宁诗刊》（2018 年 6 月第 3 期总第 34 期）

像大雁回一次村庄

找了一块石头，我坐下
一只手撑起下巴
天空布了些蓝，一群白色的动物在蓝布上
奔跑，一直跑进远处的湖水里
一只雁打翻了一丛芦花
一圈荡开来的水波让天空起了褶皱
那座独圩上的小亭子也在南湖里晃动了起来
我俯下身子，把一株倒伏的芦苇扶起
像扶起一片空旷
湖水漫上岸来，黄昏，取走了一幅山水画
大雁在夜色里替我叫着故乡

发表于《重庆晚报·夜雨副刊》（2018 年 8 月 8 日），收录于《中国诗歌年选 2018》（团结出版社）

母亲与缝纫机

最熟悉的是80年代的老式缝纫机，最怀念的是缝纫机的踏板声声。

那是母亲脚下踏出的艰辛，那是母亲坚忍的内心。

这种坚忍熏陶着我成长。

那时，看见母亲用瘦弱的肩，扛出笨重的机身，四角垫上瓦片，平稳安放在竹林下。

笨重地抱出机器头，安放在机身上。上油，穿针，引线。

我站在母亲的裁衣板前，看着母亲把一块崭新的碎花布向空中抛去，花布落下，平平地铺展在裁衣板上。

母亲拿着一根软软的尺子，从头到脚在我身上比画半天，用粉笔把尺寸的刻度落在花布上。

不时转过身来重新量量我的手长、肩宽，在有印记的旁边细心地画上新的粉笔印记。

仿佛要把我的成长过程都刻在这碎碎的花布上。

那年代，那岁月。

缝纫机承载着我们一家子的缝补重任，承载着我和姐姐的课桌重任，承载着摆放在家中的二手黑白电视机的重任。

三十多年过去。

它曾经的作用，犹如母亲几十年来对这个家操劳的重要。

如今，那台缝纫机立在泥巴墙的角落。

链子断了。轮子生锈了。机头长满着时间的老年斑。

安静无声地守候着我的童年时光、我的旧书包、我的花布衣裳。

每次我回到故乡，情不自禁地就想给缝纫机上上机油，修修无法转动的链子。

我太熟悉它了，熟悉它的每一个零件的味道。

正如我熟悉母亲的味道一样，亲切。

我看见那个曾经坐在缝纫机前给我做花布衣服的母亲，抱着柴火走进灶屋。

留给我一张满脸笑纹和朴实背影的味道，青丝和白发的味道，脸上岁月痕迹的味道，还有母亲做过咸菜的手的味道。

那是家的味道。把我这颗散落在江湖的心温暖着。

发表于《重庆科技报·副刊》（2020 年 6 月 2 日）

春种图

在春风里勾出素描的线稿。以村落里陆续的晨起声为基点，以村头通往远处的机耕道为纵轴，以错落的层层梯田为横轴，以视线远方的夕阳为边界。一幅动态春种图从三月的惊蛰后开始。

几只鸭嘎嘎嘎地走出竹林，扑通扑通打破池塘一夜寂静。然后，鸡鸣，狗吠，猪拱，丫丫哭喊，柴火燃，风箱响。村庄在春天里醒来。老汉扛着犁头，牵着老黄牛，把耕的第一个镜头从村东口一直拉长到村西头。凉汪汪的水田被犁出半壁江山的粗线条。

布景的东方，一轮红日暖在冬眠后的泥背上，给素景着色。田埂一半暗一半亮，草露一半挂叶尖一半滴落土里，老牛的背一半黄一半灰，犁过的水田一半深一半浅，土地一半繁忙一半赋闲。

孕育的疼在醒来的春天发出呐喊。桑树、梨树、桃树、李树、杏树、花椒树……风吹过，颤抖着孕育的枝条低唱轻吟。田埂边桑枝发芽，院门口花椒树长出新叶。满山坡桃花红李花白。

上色的春，日上午竿。老汉在水田里弄出两行方格，锄头掏，平板擀，插上拱形竹条。撒上承载生命的谷种，覆盖上薄膜。然后，等着时间成熟，谷种发芽，勾画的素描在田里长出秧苗。

春疼，春醒。春种开始在村庄拉开序幕。

发表于《重庆政协报·副刊》（2020 **年** 7 **月** 16 **日**）

相诉在菩提

岁月斑驳，从历史中走来的一代代中华儿女。把世间恩怨情仇，青涩成熟，岁月沧桑。揉入爱与永恒，家与温情。唯愿把每天过得比七夕更长情。心中永远都在，渴望。爱情，七夕的情人。

翻阅古乐诗经，唐诗宋词。触摸那只剩下风化痕迹的壁文。藏着多少七巧的秋月，文人墨客的心事。

“在天愿做比翼鸟，在地愿为连理枝。”

“铜壶漏报天将晓，惆怅佳期又一年。”

把一千年、一万年，银汉相会。落成伤，成泪。落成“两情若是久长时，又岂在朝朝暮暮”的美好与无奈。

把一千年、一万年经过的相会忧伤成过去，只期许下一个相会诉思的来临。

期待一年，总有那么一天，相见。相见在银河，在天边。期待相诉在菩提树下，在菩提的佛性里。

发表于“散文诗人”微信公众平台（2016年9月15日）

上坟

上坟。又是年三十黄昏。

二里地外的山梁，一座坟头朝着东方。坟里长眠着爷爷和奶奶。坟前父亲种着一棵爷爷生前喜欢的柚子树，枝绿叶香。空旷的四野。这棵柚子树安静地生长，把最深的思念结满枝上。

爷爷离开时留给我一口旧木箱。箱盖已被砍成了岁月的伤痕。却是我今生最重的情。因为爷爷说，我会有出息。

风吹来山梁的凉。烛光斜斜入燃，烟香轻轻腾去，烧纸的火光由淡渐旺。那正在邮寄去往天堂。把思念一起捎上。

发表于“散文诗人”微信公众平台（2016 年 3 月 4 日）

故乡瘦成一弯月亮

我曾无数次，告诉自己，等稻子熟了，我要回到故乡。

在没有月亮的夜晚，把自己藏在二十年前的时光。

在青春痘刚长满的八月，在村口的田间，在可以偷窥的草垛旁。

闻着，久远又熟悉的谷草香。

我回到故乡时，故乡已瘦进了中秋。

肥大外衣下曾长出的饱满，已远离故乡。

故乡，和远处的山岩，寂静在九月。

只有那镰刀弯腰过的痕迹，能证明这片土地，它曾经的辉煌。

我回到故乡时，故乡已瘦成一弯月亮。

曾漫过房檐的瓜藤，就要去远方。

此刻，贴着瓦片亲切耳语，或许更愿一直攀附在无数次摔倒、又无数次爬起的泥巴墙。

那些零零落落的瓦舍，月光照着，安静慈祥。

就这样守候着故乡。

那些曾经，从故乡的天空飞过的鸟儿，栖息在月光上。

发表于《彭城晚报》（2021年11月1日）

父亲的脊梁

父亲的脊梁，曾经，顶天立地。

青春远成一道痕，时间逆流而上。

七〇年代的军姿，三等功的荣耀，父亲埋藏在心里，几十年只喝一壶酒。

生活。把父亲的脊梁雕琢成一张弓的弧度。

锄头弯在父亲的脊梁上。

一生只低唱一支调子。春来时种满希望，秋去时一滴汗水浸湿一口粮仓。

迎着季节向北，父亲的脊梁站直了。

被粮仓喂养过的人决定他站直的度数。

日出。日落。劳作的影子，印在踩过的每寸土地，翻过的每匹山梁。

从未离开过故乡的一草一木。那都是他的至亲。

长眠于这片土地的三位祖辈，一直是父亲心口的痛。

弧度越捋越深。驼，远远走来的背篓，装满丝瓜、豇豆、白菜——

和父亲的沉默。

时间是根尺度，丈量着父爱的深沉。

父亲站着，是一本书。父亲劳作着，是一本书。

无论弧度的大小。都是我需要读懂的。

发表于《重庆科技报·副刊》（2020 年 9 月 29 日）

祖屋

乡村不再是我记忆中的模样。

我找不到通往祖屋的那条路，那条小水沟。

连祖屋的门口都变得陌生。

站在祖屋门口，我努力研究这个阳沟怎么变得如此窄小，这个阳沟的桥怎么变得如此短，这个门前的洗衣台怎么变得如此微小。

我曾跌进这个阳沟，我曾只能爬过这个阳沟桥，我曾要搭板凳才能翻上这个洗衣台。

我的旧时光被这些破旧遮盖。

祖屋的四墙残缺，瓦盖掉落。

爷爷奶奶相继离去，祖屋从此废弃。所有童年的影子和这祖屋一样，变得久远。

里面的欢乐与哭泣，只有如今站在门外的我看得见。

而我却想一脚迈进祖屋时，迈进我那童年时光。

发表于《重庆科技报·副刊》（2022 年 6 月 7 日）

星星下的孩子

灯光亮了，星光亮了。

山岩退后村庄十里，围拢夜色。

几千年来瓦片上淳朴的炊烟，在诉说生命的延续，书写着春天的诗句。

星星在童年的天空闪烁幻想，我是竹林深处那个数星星的孩子。

在夜色里聆听一首温暖回忆之歌。

我拥抱的是我的明月，我呐喊的是山坡上的一树树桃花。

我内心深处叩响的是远处的山岩、流水，近处的庄稼、田埂。

岁月，回到生命的本初，或许唯一耸立在苍茫的时间之上。

我打扫城市的时光，奔波的姿势。假装乡村路过的少年，纯粹、干净。

星空长出了翅膀，抚摸我一路的坚持。

发表于《威宁诗刊》（2018 年 6 月第 3 期总第 34 期）

在灶屋里

此刻，我安静地坐在炉子前。

掰掉苞谷子的胡胡被当作柴火，在炉子里燃着。

那火光和燃尽的苞谷胡像电影般，把我拉回儿时的片段。

父亲烧火，母亲转灶台，我，六岁、八岁，还是十岁，窝在一堆稻草里，烤火，听他俩说话。

这一听，我已被时间养大，长成父母秋天地里的收成。

一厨房的女人，在准备乡村杀年猪时的晚饭。

我在安静地听她们说话，听柴火儿的歌唱，听锅儿、碗儿、勺子的奏乐。

母亲进出忙碌的身影，像我扬起的岁月，一生奔波的归宿。

伯娘掌勺的场景，像一个故事的情节，撩拨着那年月肉香去了哪里？

秦老大娘把柴火娴熟地放在灶里；我咀嚼了一遍稻草用尽一个半小时熬一锅粥的童年。

多么熟悉的画面呀！

我用旧年温柔的眸子，把灶屋的呼唤用上好的颜料，铺展成一幅永不褪色的画。

再经年，昨天依旧在眼前，那一灶屋的忙碌、说话和温暖。

我看见时间像肥料剂，在她们身上疯长年轮。

我也看见过她们穿花布衣服赶集时的春天，乌黑的辫子漂亮地开在春风里。

浅一脚深一脚用青春丈量村庄、土地、山梁。

绿油油的庄稼，用她们劳作时流下的汗水，用年华染透这一片土地。

这山，这水，这透风的墙，这渐黑的夜色。

一群鸡该进窝了，他们像小战士勇敢地飞到猪圈上的几根木棍上，整齐排列，蹲着。然后看着厨房里的女人们，包括安静的我。

我不敢与时间对峙。它永远是胜者。它有无穷的力量能把今天变成昨天，把昨天变成过去，把过去变成回忆。

或许再经十年，二十年，三十年，时间也会把我变成她们。

安静，是对时间的敬畏，是想把这些温暖的画面，镌刻成纸上的河流，用竹简的墨香，把心事写成一千个、一万个故乡。

发表于《江北报·副刊》（2018 年 7 月 3 日），《重庆科技报》（2020 年 6 月 2 日）转载

小草

终于，见到乡村之外的城镇。

终于，见到溪流之外的山川。

一株路边的小草，借着一点余风爬上山梁。一些风翻旧了一些书行。

落日的余晖，斜上这株小草立足的地方，顿时觉得夕阳美过故乡。

黄昏，一个瞬间的美。高高的山梁迎着西北吹来的风，隐藏在黑夜里。

城市沉沦在黑夜。

山川沉沦在黑夜。

一株卑微的小草沉沦在黑夜。

一切挣扎的苦痛，只有山梁和寂静的黑夜懂得。

静，极静。痛，撕心裂肺。用一种弱小的毅力，在黑夜寻找轮回。

小草也愿做一回凤凰涅槃，在黑夜退去的山梁生长成一棵劲树。

发表于《安徽科技报·副刊》（2022 年 1 月 7 日）

从田野行走而来

无论涉足多少山川河流，还是远方码满横格竖行。

只有那一座破旧的瓦房，端出三十多年的炊烟时，才怦然觉得那才是我的村庄。

知了在树上喊夏天。一个孩子拿一把柴刮在树下捣几下然后又离开。

锄头、镰刀立在屋檐下，准备奔赴战斗。

父亲光着膀子赤着脚，像一个将军站在他的地盘上，指挥一个个苞谷棒把自己劈成玉米粒，劈成苞谷胡。

一块总要到太阳落山时才被照见的晒坝就是父亲指挥所有粮食的战场。

所有沉甸甸的分量从田野行走而来。

一场就快来的阵雨，让父亲在挥舞中突然沉默。

雨淋湿一个诗人的村庄，雨水顺着父亲的后背淌进了我的眼眶。

那些来自田野的收获大口吞食一场雨，把新芽偷偷长在父亲的叹息上。

一场雨又匆匆地走了。

稻草人一只脚稳稳地站在田野里，鸟儿偶尔停在它的肩上。

父亲扛根扁担注视他地里的士兵，那只停在稻草人肩上的鸟儿落在扁担上。

父亲越来越沉默。

村庄也开始沉默。

而我一直在替父亲的沉默往外面走。

走了很远很远，村庄早已成了我低吟的故乡。

我仍坚信，一个人，只要坚持往有光线的方向走，沉默只是时间而已。

发表于《重庆科技报·副刊》（2020 年 9 月 29 日）

行者

我从母亲的子宫走出来。

从来没有停止过行走，更从来没有想过有一天会停止行走。

从母亲的白发走过，从父亲的老茧走过。

从晨曦走过，从晚霞走过。

走的路可以把心中的海填平。风不再惊起波澜。

走的过程中——我忽略自己的悲伤。我怕在空气中沾染俗气。我怕肉体出世时，灵魂还未入世。

于是，我拒绝破碎，拒绝撤退。

把心灵皈依给空门。把悲悯、阔达传递给尘寰。

走着走着，就走出了我的乳名。

发表于《银河系》（2018 **年秋总第** 105 **期**）

割生命的野草

生命的出发点只有一个。

生命的终点也只有一个。

但是，从出发点到终点的道路却有无数条，而我选择了两条路线在走。

一条可以让我活命，一条可以让我活心。

我活着的命是父母给的，我必须为他们活着。我活着的命是要给孩子的，我必须为他们活着。

我活着的心是活着的命给的，我必须让心精彩。我活着的心是要抚慰孩子的，我必须让心湛蓝。

每蹚过一条河流，总会止步，回望源头溪水：溪沟里那个小女孩在捉一只蝌蚪，一夜的蛙鸣声洒向月光里。

每攀登上一个山峰，总会回头看看山脚：山梁上那个小女孩在喊一只猪仔回来，风吹来一串在麦地里奔跑的影子。

此刻，时钟嘀嗒。

庄稼地越发荒凉，一片高过一片的野草，像一条河、一座山横在生命的道路上。

锄头、镰刀，父亲曾经教我用过。

在没有月光的城市，我把锄头、镰刀从梦里拿出来，狠劲地割草。

一茬又一茬地铺在道路上。我的父母，我的孩子，我的亲人，走在上面稳稳的。

发表于《白天鹅》（第七届白天鹅诗歌参赛诗人作品选粹）（2019年5月）

远方

远方有多远？只要不是家乡就是远方。

门前一棵树的远方在哪里？

在风吹起的花粉落下的地方，在一户人家的房梁上，在一只通向河对岸的船上，在一间书房的宣纸里。

可是它的根终究在这棵树站立的地方。

我们是远方呼唤的遥远。

我向往辽阔的草原，在月光下听一曲草原上琴声忧伤，草原的风吹着草原的毡房。

我向往波澜壮阔的大海，或许会遇见古巴老渔夫圣地亚哥正在海上与一条大鱼对抗。

我崇拜远方的一切美，我也崇拜远方的一切新鲜味。

但是，

美，因我们未透过现象看到本质。新鲜，因我们从没用心去打理过。

我们只是远方生命里的过客。

当我们坐了一次高铁，走了一回远方时，我们才会觉得窗外的家乡格外亮堂。

发表于《银河系》（2018年秋总第105期）

灰笼下的记忆

这是一个没有声音的历史，承袭祖宗原始而质朴的文化。

我没有承袭这质朴的文化，却承袭了灰笼的记忆。

在偏远的村庄，我在那里构造了一个童年。

我的红领巾飘过一片结满薄冰的水田，一条通向极远而弯曲的小路。

我的红领巾被从墙缝灌进的风吹透，我的课本从我哆嗦的牙缝里蹦出来。

一个名叫灰笼的取暖器具，用竹子编织而成，圆柱形，上下通口。

泥土烧成的瓦罐包裹在中间，可以盛装带有温度的柴火灰。

我看见祖辈那一代都提着它守候在村口。

我的奶奶提着它看我写字，不说话，就是孤零零地看着。

不知是灰笼温暖过她，还是我温暖过她？

她和灰笼的影子一直温暖着我的记忆。

无数次在他乡，我对提着灰笼的老太太有种莫名的亲切。

那是我的奶奶有过的年龄，那是我的奶奶有过的身影。

我看见穿着破旧的老太太坐在门口，眼巴巴地望着往来光景。

我恍然，那可是我那孤零零的奶奶？

时常被这恍然的记忆，堵在一面墙上，没有转角。

时光没有转角，光阴没有转角。这一世只有用记忆来穿越隔空的过去。

如果时光可以逆流，该多好呀！我不会让你孤零零地看着，我会教你写字。

发表于《垫江文学》（2018年第1、2期总第9期）

一纸落成黄昏

一张纸落进课本，一些标点符号从少年的 T 恤衫上掉下来。

问号摔进了高考，父母的责备，疯狂的兴趣班。叹号摔到一面墙上，立正，稍息。

破折号恰好落在少年的脚下，少年踩着它前行。省略号落在日出和日落之间，白天被重叠成一个句号。

括号在黄昏的两端，瓦片上的炊烟在黄昏散步，远处天空冒出来一颗星星，伸手努力拉开一端的括号，一只跛脚老鸭离开水田，从另一端嘎嘎嘎地收拢黄昏。

黄昏被折成婴儿的哭声，被折成少年的人生。

一些人在来，一些人在去。

一些黄昏等待被开采，一些黎明等待被打开。

一张纸和一些符号继续在落下。

发表于《安徽科技报·副刊》（2022 年 1 月 7 日）

山梁

我生长的地方有一座我从小仰视的山梁。我在体内的某个角落安放。

在偶尔苦寂的日子，取出来咀嚼：

“落日在天边孤独。”

“一片片熟透的玉米在山梁上埋首深沉，坡上的野草在额头上春风吹又生。”

“父亲赤膊裸背负重在山梁的岩坡上一步一步探路，苦行。那条用汗水滴出的山路，浸染了父亲寒来暑往的脚印。”

坚守挂满山梁，勤劳挂满坡上。

在人间，日日耕作。

山梁的宽裕，高过麦田的苍寂。山梁的土地，是我那朴实的父亲沉默的守望。

向山梁叩首。我灵魂深处的故土。

发表于《重庆科技报·副刊》（2020年9月29日）

清明

笔尖很钝，我不知道是画一横的泪水多，还是写一竖的泪水多。

不敢在清明提笔，是怕文字太轻。

不敢在清明落字，是怕纸上的沙沙声，惹来爷爷的哀怨，奶奶的悲叹，外公的长恨，外婆的泪眼。

我的五位祖辈走得皆不安息。

我的外公因病自绝一生。

我的外婆因意外中风不得医治，在病床上痛苦躺了半年，带着对生的无尽留念悲凄而去。

爷爷离开的那年冬天我十四岁。他去世的前一天傍晚，我曾无声地在他卧室门口站了会儿，看见他坐在床榻边无力地把头垂下，一张竹壳燃了一半已经熄灭。他冷。第二天清早爷爷没有了吵闹声，安静地睡着了。那个冬天风好大。

我的大奶奶因为意外结束了年轻的生命。那年我四岁，可却清晰记得锣鼓声响的场面。从那以后，我害怕听到锣鼓声，害怕黑屋子，黑暗处总好像看到大奶奶站在那里。

我的亲奶奶在病中不愿去医院，她一个人孤单太久，这世上仿佛没有什么值得她留念的。守灵那天夜里下了很大的雨，她就躺在一张木板上，一张薄薄白单盖在身上。我不忍一生孤单的奶奶在离开人世的最后半夜孤零零一人，我请打锣的人继续敲锣，直到天亮了。我在雨地里跪送一生孤苦的奶奶。

我的文字没有打扰我的五位祖辈，却是打扰了活着的一些人。

2020 年 4 月

《春》 马珑月 2022年10月 9岁

一只眼里的风景，是此刻
另一只眼里栽满花朵、绿叶、辫子和蓝
那抹蓝里，给着春的未来，可期

——月月妈妈

第三辑

一条河奔向大海

《蝶生花》　马珑月　2021年12月　8岁

敬大地

其实，顺着前人的脚印走，蹚着前人的汗水游，大地只是一条路、一条河而已。

登上一座山，向下望时，才会觉得大地托起的厚重。

我只是一滴水，在云朵之下倾听日月星辰。

一些散落在尘世的梵音，被我接住。

我敬大地，敬红尘。

敬我行走的江河湖泊。

敬一只鸟在天空的自由。

敬一棵草在路边弯腰与疯长。

敬行者远行的理由。

发表于《重庆政协报·副刊》（2021 年 8 月 12 日）

穿越三河古西街

一

我奔春秋的一条古西街而去，却有丰乐、杭埠、小南三河之水相迎。

杭埠河两岸的垂柳被风拂起，与河里漫溯的乌篷船一起，柔情着这世间所有渴望柔情的女子。

小南河穿越千年古镇，这古西街的千年历史，千年徽派古建筑，千年的青石板马头墙，顺着新河、巢湖、裕溪口、长江，流向世界最远的角落，和我最初的故乡。

二

我的前身是一名将军，一位闺秀，还是一个摆渡人？

从仙归桥走进古西街，穿过大街小巷。我身在千年前的繁华间，往来的光景从我身体穿越。

我独自立在千年后的青石板上，一切存在的千年古老，都在静静地聆听我的呼吸声。

一滴水从檐上滴落，清脆地打在青石板上。这滴水似乎等待了千百年，只为一位故人的归来。

在巷的最深处，仿佛听见鹊岸、三河大捷古战场的兵器声，又仿佛看见一位古代的多情女子在鹊渚廊桥的烟雨中回眸。

济公桥、三县桥、鹊渚桥、二龙桥、国公桥、大浮桥、小南桥，透着古韵，留下的是千百年来古镇有过的繁华。

摆渡人的吆喝声在古码头渐渐远去。

三

我撑着一把泛着柔情的碎花伞，走在细雨中的三河古西街。

从一块砖瓦、一扇木门、一条巷里散发出来的气息，是如此熟悉。

或许我在千年前就从这条古街走过。

我在寻找这古色马头白墙，青砖坡瓦上，曾经约会时落下的情话。

脸颊贴着厚重的砖墙，这味道，迷失了我今生的爱恨纠结。

四

皖中江南。江南水乡。一切皆于他的古老。

他像一个饱经风霜的老者，诉说着沧桑。

三河古镇是静美的，三河之水是柔情的。垂柳下，微风吹动的水，一进一退。

在古镇中穿行，如同远归的人。

发表于《散文诗》（2018年9月上半月），收录于《2017中国魂·散文诗》（团结出版社）

在高速路上看见的北方

我看见的北方，只是陇原大地上的一个缩影。我走过的高速路，也只是中川至白银的路段。

而他们却代表整个北方走进我的视野，和我那最初的远方。

绵延成片的山，荒芜，低矮。远远望去，就像是神的画笔，在一大片干净的土地上勾画的线稿，错落有致，明暗清晰。

我曾经攀登过这样质地的小山，看似低矮，唾手可得。走近，断层的表面，砂石温柔地覆盖着，却时刻准备落入山脚，粉身碎骨。谁还敢在那低矮的小山留下勇者的脚印？

真正的矿石被深深地埋藏在地的最核心。那不是我们眼里看见的贫瘠与荒凉。

丝绸之路，远古文化，藏在那看不见的山脉里。一直喂养着这一座座山，和骨子里像绵延山峰的心脏一样坚强的子民。

我随着车子的飞驰，退回我的王朝，把北方的记忆燃烧。

发表于《散文诗》（2017 年 6 月上半月）

在北方的城市中央行走

十一月末的季节，我背着塞满南方温暖的行囊，来到北方的一个城市。

一个地方待久了，偶尔也喜欢冷风的刺激。从骨子里凉出来的感觉，那是与生俱来的。

异乡人都想快速地去读懂一个城市。

我用脚步丈量这个城市的大小。

我用脚印来阅读这个城市的历史、这个城市的奔跑、这个城市的阳光、这个城市的凉，还有这个城市的黑夜……

我把双手揣进兜里，穿越这个城市的黄昏，我把背影和身后的脚印留给零下温度。

忘记来时的路，继续背上行囊，前行。

发表于《散文诗》（2017 年 6 月上半月），收录于《2018 中国诗人年度诗歌选集》（四川民族出版社）

在黄河边上

一条哺育华夏先民的大河，一条民族的母亲河。

经历多少朝代的烟火不言说。

一路向东，流水带走英雄的背影，流水带走巨变的呼唤。

像我，只是到过黄河边上的人，是无法读懂的。

站在白银的黄河边上，仿佛看见从玛曲缓缓走来的母亲，怀揣一朵浑厚的浪花和一曲摇篮之歌，喂养着两岸的儿女。

负重的黄河水，又像是在黄土高原之上赶路的老者，托着远古的布袋，一边走一边播种高原的金色。

几经改道变迁，带着沧桑、呐喊、博大，在我的眼前奔腾，远去。

掬一捧黄河的水，黄河的魂就在我的血液里流淌。

抹一把浑黄在脸上，我就成了地道的黄河女儿。

发表于《重庆政协报·副刊》（2021 年 8 月 12 日）

北方的杨树

我到过北方几次，只是每次都是在冬天。

印象最深的就是落尽枝叶笔直地站立在道路两旁的杨树。

枝叶冻光了，树皮冻掉了。

在人们眼里或许这就是一种凋零与萧条。

然而，生命的力量却从冻土的地里倔强地站着。

车子飞驰而过，一棵棵杨树像在行注目礼，一棵比一棵站得直。

用北方人粗犷的热情迎送南来北往。

每次我都想在呼呼的北风中，去拥抱一棵棵从我身体里退后的杨树，带着南方的深情。

其实，它们落叶的景象是极寒下的另一种美，是要留满枝头来盛装春回。

仿佛，瞬间春染绿了这绵延的山脉。

透过车窗，一棵棵杨树依旧挺拔地站在那儿，带着北方的深情。

发表于《铜锣之声》（2018 年第 3 期）

大西北

我探寻丝绸之路，我迷上敦煌，我仰视祁连山脉，我爱过那片胡杨林。

这里唤醒了我诗的高原。

我的孩子回到大西北去叩拜祖先时，一定会替我读一首诗。

发表于《银河系》（2018 年秋总第 105 期）

一匹马低头吃草

石嘴山得名，因贺兰山脉和黄河交会时，山石突出如嘴。

“满江红”里一句“踏破贺兰山缺”，石嘴山的多少尘与土曾扬起在旧山河里。

又有多少云和月在这片历来征战的土地上，明了又灭了，落下又升起。

站在黄河边聆听黄河远去的涛声，如同聆听一曲古老的刀光剑影，被风吹远的过程。

坐下来，坐在石嘴山的最高处，看山，看水。

坐下来，坐在北武当的最深处，听禅语，听佛经。

一页历史种下的马蹄嘶声，已远去在贺兰山的岩画里。

一束光打在一片岩壁上，一匹马在马兰花草原低头吃草，在星海湖边悠闲饮水，

从此忘却营营。

2018 年 9 月

一条河奔向大海

石嘴山把自己展开，塞上的风光也摊开来：北武当、红柳园沙湖、马兰花草原、贺兰山岩画……

站在高处眺望石嘴山在风沙里吹过的画面：一场浩浩荡荡的工业革命

在 20 世纪 60 年代，在贺兰山曾热情地燃烧，又一场战斗扬起石嘴山的尘土。奔赴大西北的建设者，操着南腔北调，行走在泛黄的书卷上——用脚书写出人类的杰作

——塞上的煤从指尖滑过，塞外的风从脸上吹过，黄河的水汤汤地从脚跟前流过。

于是，脚底带来的故土。从此，在这片沃土生根、发芽。

熟悉的人和陌生的人，身边的人与远方的人，都把这里的每株草、每粒沙、每块石头、每片砖瓦，染上自己的青丝和老茧。

一座山，固守着苍茫。一条河，奔向着大海。

一代人，吟唱着生命的伟大。一片土地，铺开紫丁香的白天与黑夜。

而今的石嘴山，在山与河之间，把山河带向更远更远……

发表于《重庆政协报·副刊》（2021 年 8 月 12 日）

菜从屋后摘

你好！覃家岗。

我提着二两斯文壶，叩开你厚重的大门。

你如山间岩石上的苔藓，从覃氏人家掌心开出花朵来。

叶虽然味苦，花却昂然怒放。

一个下午，我闻着花香，和阳光照出荣耀的光芒晃动着眼睛。

你劈自己的柴。

菜从屋后摘。

一亩三分地种大学的文化菜，播图书馆先人古人的智慧稻子，

磨医院扶伤的十字农具。

一个个崭新怒放的日子，熬出浓浓的菜香、米香。

还有一条小康的路铺满沉甸甸的金黄。

黄昏。我提满一壶覃家岗，行走在浪潮中。

发表于《金沙文化》（2018 年 2 期总 62 期）

写意简笔水墨画

站在凤天路的社区楼前，我被几面墙用一种重量围着。

墙上，写意简笔水墨画里，住着一些古人，在山水间传道授业。

一时把我带进孔夫子的私塾小院。

不肯出来。悠远的琴声把我淹没在红尘。

……

时光悄悄地滑过。天空，提醒着我。此刻，下午有阳光，不适合做梦。

我仍然想搬把椅子，弹一曲古筝。像那面墙上的女子。

发表于《金沙文化》（2018 **年** 2 **期总第** 62 **期**）

乌镇·梦里水乡

乌镇，婉约的风情，在撩人的月色里，如此静美。

那乌篷船桨起潺潺的水声，那隔岸西街朦胧的柔情。

似在等待一个多情女子，撑把油纸伞，轻轻浅浅一路走来。

晚风轻慢地攀上古色的檐廊，顺着河流，穿过石桥，凌乱了那个倚栏女子的发丝。

吹起一串遗失的梦……

披盔戴甲英气威武的将军在战火中厮杀。

三千里长歌迎将军凯旋，八百里箫声哀亡灵回魂。

东栅，酒吧的音乐响起，有谁在舞一曲英雄泪。

西栅，船桨划起桥下的水轻轻，是谁在桥头笑谈间，将军墓已沉睡，与月相偎。

乌镇，美丽的水乡。乌镇，英杰的故乡。乌镇，人间天堂。

收录于《中国最美游记2018》（作家出版社）

在指归阁

在一座梵宫里，我以弟子的名义虔诚地拜佛
在千里之远听拂晓的钟声
一些心事可以藏在指归阁的窗上，窗外的世界
尽收四面窗的眼底
一片湖水上的浪花，一只小船的远去
河埠上走动的人，一些青瓦白墙的民居
一串串挂起的红灯笼，还有一些在时空里穿行的场面
从每一扇窗子望出去，都是一个世界
而指归阁离佛最近，一切皆掌握在其中
来一趟周庄，登一次指归阁
一些无法破译的深沉，有了答案

2018 年 7 月

周庄民俗

打田财。在周庄的月色里焚烧田头，高亢地祈祷
燎原在广阔的田野中
一种生活的热情，一直延续成一念
转身。幸福在秋天的风里奔跑，在周庄的万亩稻田奔跑

摇快船。一边划一边喊，整片湖水从远方沸腾到故乡
出跳，扯绷，把槽
无数人在岸上，呐喊
一条湖倒映出，一艘艘船忘我前进的魂
那是周庄人民气概的魂
那是陆兆鱼千舟竞发的魂
周庄的水不缺美
周庄的水更不缺，堂堂正正

阿婆茶。喝一口周庄的水，唇边会开出一朵花
品一口阿婆茶，水乡的味道就挂上了心

几个农家阿婆，围坐在廊棚里，手中不停地忙活着
恬淡的笑容时不时挂在阿婆那沟沟坎坎的脸上
茶几上的茶还热着，咸菜苋、萝卜干也在
茶水由浓变淡，坐在周庄喝茶的心情也由重变轻
仿佛觉得我们就是廊棚里喝茶的阿婆，把一生的秘密
交给了周庄。

2018 年 7 月

吴哥城

一千年前，阇耶跋摩七世把信仰、王权，用美丽的红土岩，垒筑成一座壮丽的王城。

这座王城，雕刻着一个王朝的故事——那就是吴哥王朝。

那些石头上一幅幅生动的画面，带着神的色彩，带着古代的民风，从千年前的记忆里走来。

耸立在天地间，隐世于原始的荒芜。

风化的沧桑，诉说着吴哥王朝统治的辉煌。

凿运河，修城堡，一个卑微的生命，一生卑微的劳役，千千万万个卑微者，铸就成高棉人一段血泪史书。

吴哥王朝的劳动人民是伟大的。

站在吴哥城下，仰望一块块石头的厚重，仰望石塔伸向天空的厚重，惊叹人类灵魂的伟大。

油灯亮了，王城里奏乐声起，石壁上走下载歌载舞的仙女，吴哥城恍惚回到千年前的景象。

2018 年 6 月 13 日

吴哥的微笑

美丽总归于微笑。

微笑四方，那是高棉人心中最美的向往：我微笑过的方向，那里便风调雨顺、富裕和平。

吴哥城隐世五百年，而巴戎寺塔顶四面的微笑佛像，却始终存在。

在历史的长河风化，带着印迹斑斑，远离尘世的喧嚣，自我修行。

修行五百年，一块石头已有了生命。

修行千年，这些有生命的石头凝聚了千千万万个高棉人的笑脸。

在现代，在一千年后相遇。在柬埔寨这块纯朴的土地上，向世人送上那浅浅的微笑。

那微笑里的包容与智慧，让世间烦恼皆静谧在梵音里。

2018 年 6 月 13 日

行走淇河

当我说行走淇河的时候，我试着以《诗三百》来阅读中原大地。

当我说行走淇河的时候，我试着走出许穆夫人《载驰》诗里的勇气。

当我说我爱上淇河的时候，我想说我是爱上淇河文化。

当我说我爱上淇河文化的时候，我想说我是爱上许穆夫人的女性意识。

淇河，从五千年之上流过来，流成了一条诗河。

像一座丰碑，也流淌着古老的刀光剑影和淇河文明。

与其说我在行走淇河，不如说我在走自己的生命之河。

与其说我在诗的源头触摸一首首刻在风骨里的诗句，不如说我在把自己刻入风骨里。

与其说我在做一个匍匐前进的诗者，不如说我在学做一个独立的自己。

淇水之美，不是它从哪里流来，要流向哪里去。

淇水之美，是它那奔腾的灵魂，总是让走近它的人受到鼓舞、包容。

一个生命的生与死，在历史的长河中很渺小。

可母亲般的淇河水让一种行走，在一个渺小的生命里变得坚强。

发表于《嘉陵江》（2021 年 5 期总第 65 期）

许穆夫人

一首诗就是一个女子的灵魂，而这个女子的灵魂，在一本《诗经》里跳动了五千年。

她是一件古代帝王世家的牺牲品，而她却把这种牺牲演绎成家国爱恨的千古绝唱。

她把她高贵的身份活出了让世间男子都汗颜的真。

她是淇河的女儿，她是华夏大地的女儿。

许穆夫人。

从卫地走到许地，淇水在她心里是梦的故乡。

从许地回到卫地，淇水为她流淌着一个万古不枯的诗河。

生命也只有在行走中，才不会在尘土中腐去。

发表于《嘉陵江》（2021 年 5 期总第 65 期）

西塘散曲

1

西塘，一个住在江南画里的词。

优美如一池莲安静地开放。

一只乌篷船桨起的水花，打湿了一幅静而无尘的画。

晚霞，倒影，青瓦把自己的身子挪出画来。

在越角人家，等待为自己开的那朵彼岸莲花。

2

一座石桥，两处人家。

千年之外，古人是否犹在？

春秋的水，照出伍子胥的背影。

我不是伍子胥，我是吴地的子民，今生回来，想看看吴地被带走了多远。

人间的事，被带走了多远？

西塘空出了自己的前世，许多穿着现代服饰的各色男女从桥上走过。

3

水乡。古镇。在西塘。

一棵棵柳树在彼岸守了一宿又一宿，只为等一个人从水边经过。

风一吹，西塘的清晨柔软在水中。

天空空出一朵云。

住宅的倒影换了个姿势上岸，一幅跨越千年的水墨画交出了灵魂。

4

民居醒来。西塘河醒来。

沿街廊棚醒来。河埠醒来。

五六个妇人躬身在河里揉搓衣服上的尘土。

醒来的面容是那么地干净清爽呀。

恍惚这西塘的水是向上的生命，一圈一圈的水波荡开来荡开去，西塘的幸福随着水波也荡远开去。

坐在河埠边，水波在我的小腿上荡来荡去，我的影子在水里荡来荡去。

我忘了是在前世，还是今生。

等待西塘的风前来辨认。

5

一只木船。

两岸河埠廊坊。

三点柳絮飞檐下。

四处无声。

我是西塘黄昏下的那个倚栏女子。

小船从一千年前划过今生的月色，灯盏，从彼岸传来此岸。

西塘，在暮色中，被桨声唤醒……

一些背负城市烟火太重的人，在流水中净化。

发表于“中国散文诗研究中心”微信公众平台（2019 年 9 月 20 日）

开封辞（组章）

开封，在一页史书里读你

开封，只要一喊你的名字，我的牙齿就开始颤抖。

开封，只要向中原方向望你一眼，我的骨骼就被拉得咯咯响。

八朝古都，你的名字承载着厚重的方块汉字。

从夏朝、魏国、后梁、后晋、后汉、后周、北宋至金朝，掀开一页页史书，掸开一层又一层黄土，多少帝王将相、多少黎民百姓的根根白骨躺在这里，轻薄如一张纸。

马革裹尸血与泪的战场，天下粮仓丰收的欢庆与喜悦，牧童笛声放牛的清晨……许多重复的画面被压缩在一张纸里。这页纸泛着黄，这页纸诉说着，这块土地曾经指点华夏命运的沧桑与辉煌。

一根白骨的时光很轻，一张纸的时光却很重。

这些在纸张里的先人们，是用一代一代薪火相传叠起的骨头，书写出一段史书的分量。

开封，你在一页书里烙上了永恒。

穿越宋词去寻访宋朝

踏着一首又一首宋词在时空里行走。

踩过的宋词，从书卷里落下，像一滴虚空的水，打在一个个朝代的地板上，掷地有声。

我隔着时空的门敲响宋朝，听到一个三百年历史的回声。

一个结束五代十国黑暗统治的朝代，一个开拓后世文明的朝代。

——北宋，都城汴京。

城墙内外，一百多年的沧海桑田，不变的是场景，更换的是场景里的人。

每一个在宋城轮回过的人，内心都有一首婉约豪放的词。

我回到一首宋词出发的地方，相距一千年的时光。

而那些穿越的记忆，只有在梦里吟唱。

站在开封古城墙上

在历史的长河里，我自知身材矮小。于是，喜欢站在更高的城墙上，更喜欢站在一座用时间垒起的古城墙上。

远处一片空旷。极远处是抵达不到的古老在飞翔。

我不需要说话，就有无数声音从城墙里发出，诉说世间百态。

一座古城墙是时间最好的见证者，也是最有发言权的记录者。

而站在开封的古城墙上，会觉得我站的地方，或许是一位或更多智者曾经驻足过的地方，他们的忧患和这座古城墙一起，经历风雨沧桑。

或许倒下去千万个将军，或许站起来不计其数的勇士，或许埋葬着无数的冤魂。

具有二千三百多年生命的城墙，它守候了中国五千年一半的时光。多少恩恩怨怨，多少烽火连天，它都静静地守候着、倾听着，像一位有温度的长者。

我背靠着一壁城墙，仿佛靠在我前世留下的影子上。我们无须言说，只需聆听彼此的呼吸声。也无须刻意地拔高自己，这座古老的城墙会告诉后来者。

收录于《2018中国散文诗精粹》（四川民族出版社）

江北乐章（组章）

观音桥

车过嘉陵江大桥，就到了江北地界，就能感受到观音桥的热情。

我是观音桥的客人，亦是观音桥的主人。我看见观音桥在时光里更迭容颜，而观音桥在更迭时也印着我的年少时光。

从大院一直往建新东路菜市场走，菜摊横七竖八，姨婆买了豆干，一斤 5 角钱。

从建新东路一直往西走，经过一个转盘，再过一座天桥，405 路 5 角钱。

从建新东路一直往北走，公园相馆就到了，我洗了一卷柯达照片，38 张 11 元 5 角。

那些旧时光，如今都收拢在改革的画卷里。

二十年的画卷可以摊开很长很长，每一卷都泛着无数细微的故事。

那些一页页的故事都凝聚成充满时代气息的观音桥。

世纪新都、新世界、未来国际、重百、大融城、北城天街、茂业天地、金源不夜城……数不过来的名字，每栋楼的崛起，都为观音桥的崛起添砖加瓦。

走在观音桥的步行街上，我时常想起我走过的那些时光的空旷，它让我的脚步带上沉重的叹号，也让我的脚步带上轻盈的省略号。

我回忆过去，也迷恋现在。

我迷恋现在，也期待未来。

黄昏像一朵加速的云，盘旋在天空。

音乐喷泉再次把人们的吆喝冲向黄昏，广场上的舞者在和夜交谈生命的动感。

观音桥，山城改革的画卷里不可或缺的一幅。

大石坝

大石坝，江北区西部的一块厚土。为什么说它是厚土？在过去的岁月里，这块土地承载着太多苦难与梦想。

第十兵工厂在这里落地，江陵厂在这片土地上生根发芽。

走在大石坝辖区的纵深处，一栋一栋的红砖、灰砖小楼寂静地守在时空里，等着从厂子里鱼贯而出的主人回家。

一村、二村、三村、四村、五村、六村、七村、八村、九村。如潮水的人流在暮色中隐于这些村落。许许多多的梦想从一砖一瓦里飞出。

时钟的滴答一直在继续……

改革逐渐把大石坝这块土地上的厂子拉进历史的轨迹，也把令人荣耀的国企工人身份丢失在历史的轨迹里。

叮叮当当的拆墙声把我从80、90年代中唤醒。这些砖楼留不住了，它们将以牺牲来成就这片土地的又一次梦想。

手扶着石门大桥，变化的是这块土地上的万物，不变的是嘉陵江上吹来的风。

江北城

这是一座新城，倒映在嘉陵江里的高楼一直要伸进江水中的云层里，那气势，占尽了风骚。

它的脸上没有褶皱，像一个新生儿一样干净。

也不落一点灰尘，无畏惧地与解放碑、弹子石站成“金三角”。

它是一个年轻的少年，可以大胆地书写自己的人生，可以毫无负担地挥毫前行。这是改革赋予它的权利，也是改革赋予它飞翔的能力。

它的陈旧一夜间被尘封在地底下，它的历史重重地落进江北史记里。

我们爱老城，把它的一些记忆藏在心里。我们也爱新城，种出什么果子都是甜的。

喝酒，喝水，喝江北城的夜色。

低头，走路，奔跑，这片新城也将是改革的春风染绿了的一座江岸。

无须去计较一城一地的得失，在历史的长河里它的一切也将成为历史。

但这页历史一定是大手笔的书法。

此时的江北城和母城一起，连着万家灯火。

大石坝九村

每天从一个地方经过，每天看见一个寂寞的老人在同一个地方守望，看习惯了，就成了亲人。

我一年至少有200天从九村经过，每天至少2次，一年400次，10年就是4000次。4000次的回眸，也就心无邪念，落地生根。

为什么九村人气旺？它是通往盘溪、大石坝、石门大桥的必经之路。

它也逃不掉时代的清洗。

几十年的九村菜市场被拆除，随之立起的是绿地新都会。新世纪超市取代了菜市场的吆喝声。九村的生活购物从80、90年代的粗犷提速进入21世纪。

九村，这个寂寞的老人，经历过战火，经历过村建城，经历过江陵厂的起起落落。如今，一手提着现代，一手提着过去，一步一步前行着。

南桥寺

春在来，春在去，日子也在流逝。

南桥寺在江北的地域可说是要多普通有多普通，普通到它就是一个地名而已。

那又如何？一个再普通的生命都有它存在的价值。

一个再不思进取的人也会害怕死亡。只要一想到死亡，就会想着努力生存。

2008年，重庆市中医院从渝中区一号桥整体搬迁至南桥寺。给南桥寺注入了全新的生命力。

各地都知道有个中医院在南桥寺。发展的需要，改革的需要，燃烧的需要。

南桥寺也将被载入重重史册。

这里是苦痛和呻吟的希望。

“南桥寺车站到站，到市中医院的请在这里下车，下一站石子山体育公园。”

天空很蓝，提着大包小包中草药的人，消失在站台。

石子山体育公园

阳光洒在一排银杏树上，太极柔中带刚地在音乐中律动。

几根鞭子，不同时点地打在旋转的陀螺上。“啪”，那声音可以把整个公园穿透。抽陀螺的人使劲挥着手上的鞭子，挥出不同的姿势，是要把陀螺挥出动中的静态，才会有成就感地咧咧嘴角。

一天的清晨在音乐中开始，一天的黄昏在陀螺声中结束。

顺着台阶逐级而上，篮球场、羽毛球场、网球场、乒乓球场、足球场……

石子山体育公园号召着运动的使命，也承载着运动的使命。

有这么一块城中沃土，是江北区的骄傲，更是江北区人民的福音。

漫步在秋天的银杏树下，漫步在公园的活力氛围里，老老少少的步伐都是轻盈的。

一群孩子正从江北少年宫补习出来，奔跑在广场上，笑声落向身后一地……

他们是明天的接力棒。

石子山体育公园打足着精神迎接着每一个市民。

强身就是强国。强少年就是强中华。

2018 年 9 月

越南行记（组章）

飞向海之蓝

飞机，北京时间上午 10:55 出发，向赤道靠近。芽庄。北纬 12°25′，东经 109°2′。

太阳光透过舷窗刺开我的眼睛，芽庄线条式的小路、方格式的土地、低矮的房屋、金光闪闪的海面，就在我俯身眺望的方向。

下午 3 点，我第一次踩在别人的土地上。阳光，海岸，沙滩。慢慢浸透我的脚底。

像个孩子第一次离开母亲，新鲜、彷徨、刺激。

我说着我只会说的中文。

我行我素地上天入海地乐在其中。

我的血液里流淌一种莫名其妙的自豪。

我喜欢我这黑黑的头发、黑黑的眼睛。

有种典雅与羞涩，早已深深种在我的骨子里，

无法根除，也无须根除。

我陶醉在这最蓝的海，聆听来自一百多年前就敲响的教堂钟声。

背靠粗砖红墙，好奇，安静，享受着远离。

海风吹起我莫名的忧伤

海面，蓝，宽。从无数的岸石前，一直延伸至远方。

太阳早已落在云层里。海风吹起石头上开出的无名花。

也吹起无数无名脸庞的头发，还有美丽的裙摆。

海浪，时高时低拍击着岸。

我独自坐在一块石头上，把身影淹没在海浪声中，留给别人似风景的背影。

一只海鸟从远处飞来，又飞向海的远处。

远处的海面风平浪静。平静得可以让人幻想，与海亲近。

忽略了那深不可彻的海底，发怒时的无数个可能。

退场，退场。

我掩饰不了被海风吹起的忧伤。

我的背影在谁的风景里忧伤成了一幅画？

时间在海浪声中沉默。

珍珠岛听风从耳边撕过

体内只要藏有激情，就是可以被点燃的，

不因年龄，不因性别，不因种族。

骨骼，被现实的存在，挤压得咯咯地疼。在异国，在海的中央，在岛上，

放任地把骨骼拉长，舒展。

一次又一次，把自己从高空中冲下来。

只听见风从耳边撕过，骨肉碰撞水的声音，
杀出一条活路，硬生生把水劈向两边，
劈得水花四溅。
短暂的五秒、十秒、二十秒……
忘了骨骼被挤压过的痛，忘了飞溅的水花打过骨肉的痛，
忘了空气的存在，
忘了世界，忘了自我，
厮杀冲过终点的胜利与快感，
把体内激情再次燃烧。

内心的向往

海是我们内心的向往，海鲜更是我们眼中的大餐。

旅游，我们首选有海的地方；去海边，我们必须吃海鲜。

一盘蒜香大虾，红得诱人。

平均每人一只半，速度快者，可多抢得一只。

安静，沉默。除动手动口分食的声音，没有一句多余的。

一盘一盘，不同口味，不同海鲜，被端上桌。

最后一盘结束，终于不同的口中发出，真舒服，好吃，味道好极了。

我们不文明，我们也不高雅。

一桌子的狼藉，和着满嘴的油。我们已胜利地吞食了无数弱小的生命。

而我们或许也正在被这生物的进化无形地吞食着。

2016 年 9 月

洞天水世界，在蓝里种时光（组章）

洞天海啸：逐浪

奇石，溶洞。流出来一条河，流出一个壮观的世界。

蓝色的海底与天空的云朵，重叠。

我坐在蓝里看水，水在蓝里，等你，等我。

在河流之上，击水，飞翔，呐喊，沉浮。

在河流之外，心与浪翻卷出一样的高度。

一浪，拍出惊慌。

一浪，拍出奔逃。

一浪，拍出勇气。

一浪，拍出直面人生。

这一个接一个的海浪，打翻生命的船只。

你上岸时，尘世的那些枝蔓，都已被退潮留下。

激流勇飞：释放

比血液升得还高的，一定是勇气。

比勇气更让人仰视的，一定是勇者。

高处。天地苍茫。

趴在滑道起点的最高处，听，风嗖嗖而过。

飞起来吧！冲起来吧！

把禁锢在体内的呐喊，释放在激流中，

山顶上。

你是我茫茫戈壁的同行者。

儿童水乐汇：童年

远远地。我看见一个孩子从滑道上快乐地滑进水里。

落下去，又站起来。

我看出了神。脑海里构想出我的两个孩子滑玩的情景。

戏水，是孩子的天性。

滑道，是孩子不知疲倦的征程。

儿童水乐汇里，那些溅起的水花，是爱，亦是亲情。

巨龙滑梯：杯酒

一条巨龙盘在千年的诗城，一个诗人的杯酒醉了千年前的巨龙。

我们壮着胆。从巨龙体内滑行，一片诗的月光照亮着前方。

我梦回大唐。竹简声响。

那一段黑暗的行程，是一次彼岸的商量。

我坠落的低处，有无数欢笑卷起的蓝。

星空飞船：浪漫

是不是坐在船上在黑洞里下滑，我没有体验过。

站在滑道出口处，我虚构一场浪漫：

让所有的梦都睡在星空里。

一种潮湿，不是山谷，是黑夜里的童话。

船是飘飞的，也是滑行的。

允许把黑暗里的尖叫，长成星星的尾巴，

冲向海子的那抹蓝。

我捂住嘴：在山脚傻傻地笑。

飞天神泉：情怀

飞天神泉，也是喊泉。

喊声在左，冲出的泉水在上。喊声在右，冲出的泉水也在上。

一声喊，像一曲音乐的奏章。

似牛羊漫步，骏马奔腾。似康定情歌，沂蒙小调。

一声声喊出的调子，都是人间喂养出来的情怀。

洞穴汤池：疗愈

温泉。带着露的艾草，可以治我多年的寒。

一汤一汤浇在身上。

我能感觉出温度的重量。

有没有一杆秤可以称出寒的重量?

七月里。可以像落入水中的碎银，闪着光。

潮汐漂流：轻舟

我看见两位诗人姐姐没有换泳衣，惬意地坐在皮圈上，随水而安。

我敢肯定。欢乐潮汐，畅游过不穿泳衣的女诗人将会是唯一。

我用文字定格在此。

是潮汐的魅力，是诗和远方的魅力?

偶尔翻出，便会让人记住，那一叶轻舟上牵引出的欢乐。

发表于《三峡诗刊》（2020年11月总第61期）

塘坝工笔记（组章）

乡情陈列馆

在塘坝，有一个陈列馆。

那是一个百年四合院，藏在潼南塘坝镇天印村的最向阳处。灰瓦，木梁，砖木墙。村庄的容颜在变新，而四合院却日渐厚重深沉。

正房，又可叫厅房，标准的中式布置。或许，这个厅房接待过无数的人，如今，它正款待着一群诗人。

他们在厅房畅谈，重叠时空往来的回声。光从屋顶上的亮瓦射入，那些与诗有关的话语被这些砖瓦木墙悄悄聆听，悄悄收藏。

我想，再经一百年，他们会再讲给和我们一样青春的人听：这里来过一群用诗书写它的人。那些青春重叠我们的青春。

我挨个房间地走进。房间里陈列着一张有年代的老床，墙上挂着各式农具。在农具前我停留了很久，把曾经熟悉的记忆都停留在这一件件农具上。锄头，铲子，镰刀，铁耙，叉子……每一件农具上都刻着纯朴，刻着对这块土地耕种过的深情。

这些农具，我曾见父亲在田间地头使用过，见过他扛着锄头、铁耙被黄昏拉长的背影。

当村庄离城镇越来越近时，这些农具就离我越来越远。一个又一个劳作的镜头，只能在翻开一把锄头、一把铁耙的另一面时才找得见。

乡村简单的调子，却是一个时代的颜色。

天印村

我想写一方石头上坐着天外来客的对酌。

写一枚印盖在这块土地上的生生不息。

写一只小龙虾爬出村庄以外时，把笑褶爬深了一道又一道。

写一个又一个脆桃挂在村口的太阳下时，采摘的老茧上又开出一朵朵桃花来。

写一步又一步长满结实的脚印，挑着日子上山下山。握着锄把的汗一直从青春滴到暮年，从泥泞小道滴到水泥大路。

写他们身上的那股混合味道，有收割时九月挥舞镰刀的汗水味道，有播种时油菜花开的味道，有幽幽琼江流过天印村的纯朴味道。

写一辈子守着这片土地的人，一辈子被这片土地仰视的印。

写他们提着扁担闯天下，揣着叮叮当当的袋子回来建房、建企业、建梦想、建有根的日子。

写吧，写吧。一章一节，一顿一句，写的全是手指关节开捏的岁月。

一路上，楼房在青山绿水间和我们招手，有好多村民围过来问好。

我们沿着一条血脉，一直在走。

六月塘坝

雨后的六月把绿意都结满眼眶，装不下了，就从眼眶溢出来另一个故乡。

塘坝，中国乡村缩影，而它却走进了我的视野。村村通公路连接到每个村子，一直通向看不见的田野和心坎。一头连着乡村，一头连着城。一头连着我出生之前的样子，一头连着改革开放的胜利果实。

我站上一个地势很高很高的亭子，塘坝就像一本有内容的书，一页一页地翻开。

一块一块梯田，一层一层山林，一片一片果园，一亩一亩稻虾，开足马力向四处跑去。跑出五朵金花，无数朵银花，一朵一朵盛开的金花银花呈笑脸状，呈丰收状，飞出塘坝，飞出潼南。

涪江的支流是琼江。溯江而上，我仿佛还看到一朵金花飞出来。

发表于《重庆科技报·副刊》（2020年9月10日）

在肥东爱情隧道，所悟

1

南来北往。我们惊于空旷，惊于舍弃，惊于青春。

苦难温煮热血，偌大的中国，亲密的爱情从一条铁路开始。每一个站台都是起点，每一沓思念都被一根轨道，拉向星空。

七十年代，青春是盛开的。铁路重逢盛开的青春，在中国的大地上，蔓延出铁轨的图案。穿过一个又一个小镇、城市。翻过一座又一座高山、峡谷。

那些支援建设的青春，把一根钢铁抱成爱人，眼里含着泪水和热情，延伸的方向就是思念的终点。只能让脚印坚持，忍耐再忍耐，相拥就会到来。

2

绿皮火车的慢时光，比写一封情诗还长。哐当哐当，每一个站台都是一个邮局，装满了故乡也装满了游子。每一个站台都挤满了拆信件的人，信件里的深情被轨道烙得滚烫、滚烫。

火车见证着一个时代的故事。我想象：在一节车厢里，灵魂和灵魂的碰撞。浓烈的烟火气息，弥漫在狭长的空间。过道相拥而眠，椅子下面蜷缩着津津有味地读一张报纸，椅背上赤膊躺着听一段聊天……

汗味在空气中滋养生活。

这一趟又一趟的出发。爱，被压出了深深的皱痕和生活的温存。

3

桥头镇的这一条淮南支线，空寂却又美丽。

没有站台，没有火车，只剩下一条聆听世音的轨道。我低头看见，每一根横轨上，刻着婚姻的年轮。像是一种日子，一堆日子，一捆日子，被时间刻在一根根轨道上。轨道拉着世间的爱穿梭于昨天、今天。

当一步一步跨过横轨时，仿佛听见叮叮当当的日子在响。再听听，又仿佛是铁轨上滑出的奔波与鸟鸣。

我久久望向爱情隧道的尽头。那些茂密的枝叶把曾经，生长成一种浪漫。

并行走出青春的两根轨道，一点一点弯曲，站成搀扶前行的两位老者。

细品，他们让生活有了厚度。一滴泪、一个笑都有了归属。

4

爱情，被永恒歌颂的话题。在爱情里，我们掌灯欣赏；在婚姻里，我们问禅磨剑。世间，因爱而圆满；世间，因婚姻而有故事。

每一场婚姻里都藏着无数的情意：爱之情、亲之情、患难之情。而这长长的隧道，像储藏世间情意的博物馆。

从无的挥汗建设，纵横穿行的生机，到安静地铺叠成一部呼唤的史书。

爱情，坦坦荡荡。桃花、玫瑰花，开满了两公里的桥头集镇铁轨。你来，便是其中盛开的一朵。

5

两公里的爱情隧道呀，美得喃喃细语。两公里的爱呀，也高过奔波与云朵。

我反复踏着铁轨走动，仿佛在体味久远时间，那些站台的离别和重逢。听，一列火车驶过，留下一个春天的开始。

发表于《散文诗世界》（2021 年 9 月）

古蜀：寻找祖先的碑石（组章）

在湔水，寻找古蜀魅影

在湔江河谷，土地古色斑斑。一粒一粒都记载着，古蜀人手起落足的生息。

那种久远的熟悉，埋藏在河谷。蚕丛、柏濩、鱼凫，蜀人祖先，教民养蚕，教民捕鱼，教民务农。

3000 多年前。古蜀人的面相、金杖、青铜都是谜。寥寥数语的历史文字勾画出无尽想象的线描。

那一段缺失的记忆：湔江炊烟，古蜀文化。我们，正在一寸一寸地寻找祖先的碑石。那是故乡，那是源流。湔江流水并不孤单。一直有古蜀烟火在陪伴。

公元前 316 年秦灭古蜀。一个王国消亡了，一个王国却藏在了三星堆、金沙，或许还藏于未知的地下，沉睡。一张弓、一条鱼、一只鸟的图案。它们是古蜀王国盛极一时的辉煌与文明。

天台山圆通寺[1]

1300年，只念慈悲，不念尘世功名。立于唐朝，静于朝代更迭间。

每日钟声回响于天台山，只在响给听钟声的香客。

古刹里的袈裟，也只染尽经文，敲通木鱼。一棵菩提的开花结果，是半世轮回。

寺庙在“5·12”地震中的残缺，是千年屹立的精神存在。

我向一座山保持肃穆。我对平和、经久不争于世的钟声怀着敬仰。

它们佛性通透地唤醒着，一座山的脊梁。

青杠林

在通济镇，青杠林古镇缩小成一块牌坊。

湔江古重镇，千年古渡口，都缩小在一块牌坊里。

千年古鱼湖，缩小成一片鱼凫竹海。

站在牌坊下，仿佛听见古蜀国鱼凫部落渔猎的舟歌，又仿佛听见古渡口舟子的吆喝声。一切皆在放大。

瞬间，我更换着若干朝代的服饰。

我从远古中走来，又站在一块牌坊前。我在画内，又在画外。

时间是一个多么可靠的人。

---

[1] 圆通寺，即天台寺，隐藏于通济镇的深山。

总是忠于事物本身，忠于流出的历史。

青杠林古镇有过的繁华，都刻在书简里。

而那些书简则会越酿越香醇。

海窝子古镇

瞿上。蜀王都址。这座古镇的古老是低调的，这座古镇的古老也是神秘的。

一条历经岁月的青石古街，或许我们更熟悉于它的古镇气息。牌坊上刻着“海窝子”三个字。站在古街中央，我惊叹，这块土地，我们的蜀族祖先在3000年前就曾驻足，繁衍生息。那些瞿上的痕迹早已被时间掩埋，那些神秘的文明也早已被风吹远去。一个又一个朝代的历史更迭里，湔江的河水安静地流过，轻轻地诉说着古蜀国的刀耕火种、金杖神权。

海窝子古镇简朴如青铜的色调。一半藏在蜀人的足迹里，一半藏在川西民居里。

发表于《平原文学》（2021年第1期），《青杠林》发表于《散文诗》（2022年3月上半月）

蓬溪之歌

1

蓬溪的云朵上挂着稻子，像镰刀
带着锋芒，把苏维埃的颜色描入史册
革命，如燎原的火种
亮起一座又一座碑灯。像一匹匹奔腾的马蹄
红色之花从蹄印里开出来，越开越厚重

2

祖先，在这片土地上画符号
落下禅宗
延绵不绝的憧憬，上千年的繁衍与
生息
宝梵，鹫峰，壁画飞天
渲染的颜色
如一种脊骨的硬度

弹拨一根竹节，古老的洞经轻浅缭绕

3

碑记在寺庙复活，壁画在寺壁苏醒
听经，打坐
研磨提书。九宫十八庙里
《虎啸图》和张船山
对吟的空杯，在响声里消失
书乡：已在体内修行千年

4

冬笋沟的泪，比海水咸
比蜜糖甜
孝义台，孟宗用泪给母亲煨笋
香气从竹里溢出
一只碗，一口锅
一个淳朴的蓬溪，支起血与
水的爱

5

谱曲，造字
蓬溪如一首诗，被搬到纸上
在纸上主宰命运，在纸上篆刻永恒

在纸上翻阅古老的竹卷

在纸上拓印碑石、壁画、洞经

红色。根仍在赓续

纸上，还将描绘一个中国梦

2021 年 11 月

南川中医药行叙（组章）

与草的谜语

草，是被我爱过的。草，也是爱过所有的。

草在远处天边摇动着，便有许多的事物涌出来。折一根藿香放入盆里，灶上的水正好开了，冲泡一盆。解暑，散邪。

五皮风山坡草地随处可见，大人在回家的路上手里总会捏上一把，站在田角，随手放入口中咀嚼，然后慈祥地敷在小儿长疮的头上。

满天星，满天的星星和希望。止咳，消炎。大人一听见小儿咳嗽，便会去后山采一把像花一样的满天星。晨起一碗，入夜一碗，咳嗽与草和解。

端午的艾草药性。悬挂门口，驱虫杀菌。一碗艾草水，是一种日子。一袋艾草包，慰问着疲惫和归途。

草是有语言的，《神农本草经》《伤寒杂病论》《本草纲目》《唐新本草》皆是草的翻译者。

坐在一块石头上，我们的祖先，教会了子孙与草交谈，和聆听。

那些风尘仆仆的往事里，都是被草爱过的。

与大观说时间

慢慢推开大观的门，便会看见一副年代久远的牌匾：“虚能引和静能生悟，仰以察古俯以观今。”

古色。行香。济世。悬壶。

这里，有中医中药的沉淀；这里，有中医中药的专研；这里，有中药外敷贴；这里，有医者和仁心。

野草不野，被驯养在 30 万亩产业园。

山谷，河畔，田间，地头，井栏，都有它们生长的样子。

水、火、土、金、木平衡肾、心、脾、肺、肝。春、夏、秋、冬、长夏平衡风、热、燥、冷、湿。

慈悲平衡苦痛。大爱平衡小我。虔诚平衡虚伪。一剂良贴平衡漫漫征途。

巷子和草，一切皆留给时间。

与中药文化交谈

神农尝百草，以身试百毒，是用身体与草交谈。百草的滋味，只有交谈过才会清风见明月。

每一株草都是有灵性的。几千年的模样不曾改变，无论是长在山涧，长在路边，还是长在中医药产业园。安静的调子，只与清风招手。它们的性能，被早早刻在书简里、宣纸上。于是它们被赋予文化。

我们的祖先，我们，我们的子孙。开始认得那株草的名字，开始知道它们的特点。

酸、咸、甘、苦、辛。入肝，入心，入脾，入肺，入肾。

《黄帝内经》从春秋传来。扁鹊《难经》从战国传来。张仲景《伤寒杂病论》从东汉传来。《神农本草经》从东汉传来。它们简练古朴的文字，奠定中药文化。

草入了药，药入了民族的魂。一个天空，安顿苍生。

那万家灯火的熟悉，是暖暖的感动，皆因一剂汤的澄澈明亮。

发表于《三峡诗刊》（2022 年 1 期总第 65 期）

《灵魂的刻度》　马铭阳　2022年5月28日　6岁

2022年荣获第二十六届全国中小学生绘画书法作品比赛绘画二等奖

海洋深处。宝箱、海草、珊瑚、章鱼、沙鱼和海石在一艘海盗船上和谐生存。
灵魂低喃着忏悔，向着一条古老的河流。
海上霸主支撑不起人间的烟火。世间唯爱，众生平等。山河可青，星空可皓明。

——阳阳妈妈

第四辑

可以歌写的存在

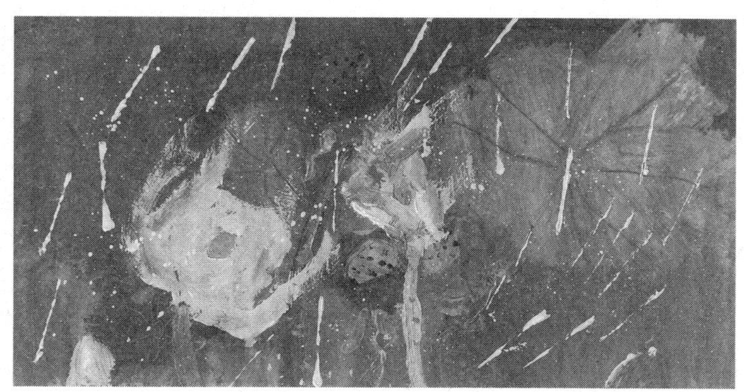

《荷，荷》　马铭阳　2022年1月8日　6岁

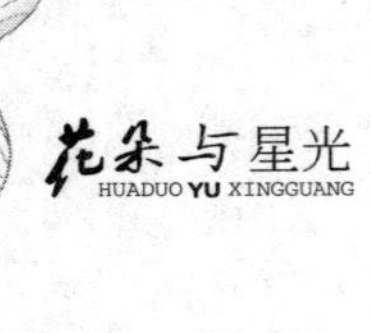

煮

煮。支一口人生的锅。孤独地煮着时光。把时光煮成碎碎的夜。一睁眼是浮世，一闭眼是净梵。

青春给煮成记忆。岁月给煮成逗号、句号、问号、叹号。

锅安好，时光已煮老。

发表于《散文诗》（2017 年 6 月上半月）

车站

车站。已老苍。只留下南来北往的乡音，回响。空寂的站台，高高在上。角落。

走过岁月的绿皮车窗。半掩忧伤，守候在苍茫。

谁架起的高铁？遗忘了车窗。遗忘了车窗外的风光。遗忘了守候在站台边，熟悉的客乡。

一壶。一行囊。穿越南方北方。

发表于《散文诗》（2017 年 6 月上半月）

寻茶

有个小院，门半掩，高高支起瓦罐，煮一壶茶给自己喝。写一首诗，无关风雅，读给小猫听。名利被昨夜的雪覆盖。茶在壶里翻滚着，就这样，一生已无人可寻。

2020 年 3 月

夜

夜。被赋予一种颜色，黑。把白天凹凸的印痕，用黑抹平。天空被安静、干净地安放在那里。

2016 年 2 月

那些堆积的日子

关门，关窗

我用一首悬挂头顶的诗歌，把那些堆积在身体上的日子彻底清扫一回

掸掸尘世的悲伤，掸掸庄稼地的荒凉

再掸掸一口井的过往

黄昏，清晨

我站在一口井旁，狗尾巴草的角度应该是我躬身的方向

多希望这井水更清些，可以把我的远方照亮

发表于《铝都文艺》（2018 年 1 期总第 3 期）

蜘蛛网

在旷野，一棵树挡住了归去的路
一只蜘蛛是这棵树上的王。与蜘蛛对峙，与时间对峙
它的网山风越吹越破，网破了很快织成一张新网
我的网像时间的数字越织越大，网破了却要一次新生
这棵树永远挡在前方，我永远成不了树上的王

发表于《长江诗歌》（2018 年 7 月）

念我自己的月光

一开始的错误，便已注定了一种归宿。
岁月似一口枯井，再多悲伤的眼泪也无法填满。
再痛也不过是离人。
所有的眷恋，都低过了屋檐，痛刻骨铭心。
沧桑，疲倦。
那些难以割舍的呢喃，沿着心口开放，凋零。
留下的语言像草木残枝，塞满冰凉的血液。
那苦痛湿润的岁月，去吧，去吧，一片空洞的虚幻。
我无可再流连。
眼角满含泪滴。
给心开一道口，放干所有的誓言，所有的寂寥。
找一块干净的地方，在月光下读尽众生。
在墙上再刻上信仰。
余生，种一棵菩提树，念我自己的佛与月光。

发表于《嘉陵江》（2018 年 2 期总第 44 期）

时间的想象

时光催生每一树的年轮，老掉一节节树枝。而我，疼惜每一根断落的枯枝，珍藏每一片被遗落的叶，红的，绿的，黄的。

就像珍藏生命的每个过程。虔诚。悟性。

我把拾掇起的每片叶子，轻轻夹进书中，等待与时间一起发黄。

泛黄的叶，泛黄的根茎，蕴藏着大自然里吮吸的岁月、苍穹。与书、与文字一起。沉淀。流淌。渗透。从远古，从三皇五帝至现代文明，经数千年的浩瀚，锤炼。

我用生活来喂养书里的文字，包括幸福、笑容、眼泪和沧桑。我把文字喂养得和时光一样有分量。万物寂静，日月交辉，亦能听见文字撞击时光的声响。

一书，一行，承载经历、过往，或喜或悲伤。我躺在泛黄的叶上品着时光，和时光一样久远的文字。

发表于《散文诗》（2018 年 9 月上半月）

我是千眼菩提上的一只眼

无论在黑漆漆的布袋里，还是在阳光洒满的窗台。

一只眼，两只眼，三只眼……一千只眼，以一种无上的高度，一种安静的姿势，一种平和的心态，来阅读或读懂，被无限放大，又被无限缩小，落入尘埃的世界。

我是菩提上的一只眼，我愿做菩提上的一只眼。

表面的沟沟坎坎以不同的姿态，安静地在掌心，与世无争。

欣赏打磨于身的掌心掌纹。

有无数的眼已被掌纹打磨出光泽，或许，我还是菩提上那只最不起眼的眼，没有光泽，没有包浆。

我的眼里，被菩提的佛性装满，敦厚，朴拙，饱满，和无法掩饰的光芒。

发表于《银河系》（2018 年冬总第 106 期）

钟声响起，我在折点上

新年的钟声，过去与未来的折点。

我把自己放在折点上，既不向过去举手，也不倾城于未来。

有些记忆不必抹去，尘封。它痛过的墙面，喜悦过的旷野，给芳华染上岁月。

未来，我给予的依然是青春和不成熟。未来，我依然有勇气接纳你再给芳华染色。

那些未来或许比一面墙更痛，那些未来或许胜过旷野与春风的喜悦。

过去不断占有未来的土地。码成童年，故乡。码成青丝，鬓霜。

我在每一个折点，迎着季节向远。

发表于《白天鹅》（2022 年第 1 期）

墙

钢筋砼的厚度，钢筋砼的硬度，钢筋砼的弧度。

却又像一个有故事的女人，一个水一样的女人，一个女人一样的女人。

柔软的叹息，轻浅的呻吟。

倔强地靠着另一面墙。

墙与墙照出自己。

女人的一滴泪滑落成一壁悬崖。

一面墙躺下，似女人婀娜的睡姿。一个颤抖，却可以让一面墙碎成一坛水。

向上，伸进云端，是一面墙的本质。

天空有多高，一面墙就有多端庄。天空有多宽，一面墙的心就有多豁达。

刻在墙里的故事，像一本厚重的书，翻不动也阅不尽。

并非一面冷冰冰的砼，靠着，它是女人的温度。

发表于《嘉陵江》（2018 年）

诉说

终于走到一个可以释放人性悲悯的地方。

我宣称自己正义的种子在隐藏很深的角落复活。于是，我不断剖开滴血的心。

告诉幸福的人们：有个地方，无助的目光在水上求生存，内心却在渴望。

洞里萨湖的水和我们的黄河一样浑黄。

上千户难民的家无根漂浮在这浑黄的水面上。

“家”是什么？——是浮在水面的铁皮油桶，是破旧铁皮四方围成的构架；“家”也可叫船屋，零乱地挂着孩子的书包、几件衣服，风吹起挂在船舷上的塑料袋。

一个中年女人静静地倚在船屋边，像要从往来船只中阅尽外面的世界。我们的船行走起的浪，把船屋向后推远了些。那个女人一定和我一样把对方读进了眸子里。

我的眸子里读到的是无助、无奈、悲伤和叹息。

她的眸子里是否读到惊讶、悲悯、爱和祈祷？

许多母亲划着小木船，挤在窄窄的湖面上，等在水上学校里的孩子。那场面不亚于中国学校接孩子的情景。天下父母对自己孩子的爱都是一样深。

只是，他们给的爱是那么卑微又伟大。

给不了一个陆地上的家，给不了一个祖国，给不了一个国籍，更给不了一个未来。

站在高台，一望无际的静湖上散落着无数的船屋。一艘船屋背后就有一个辛酸的故事。所有辛酸故事的背后皆有一种悲凉。

我的诉说也极其卑微。卑微到我只能双手合十，向命运祈祷。希望这片湖面向大海，春暖花开。

发表于《银河系》（2018 年秋总第 105 期）

时光奔袭

我们的时光，注定是一场奔袭。不知疲惫，又疲惫不堪。

尘里是一个巨大的黑洞，吸附时间分分秒秒产生的过去，吸纳被生生丢弃在过去里的世间百态。

大喜大悲之后成永恒，下一刻谁也不知是继续悲抑或喜？

时间的阿拉伯数字在时光的皮带机上加速更迭，拉长，退远。一个人，一些人，一群人站在时光机上越退越远。退远成一个点，模糊，直到消失成某种空远。

奔袭从不会停止。

奔袭也从不会为某个人停止。

一切都是过去。包括伟大的，平凡的，高尚的，卑微的。

发表于《白天鹅》（2022 年第 1 期）

宽恕

去剪掉堆在时间上的人间事。

用光阴打磨菩提子的纹路，用宽恕打磨暴利和贫穷。

落子。落成一座庙宇。

以此为界。

我的前身是一介莽夫，我的今生用来宽恕。

在河流上刻字，一刀一刀刻出大海的轮廓，一笔一画刻出内心的宽度。

宽恕草木的生长，宽恕时间的逃亡。

宽恕土地承载的重量，宽恕季节包围了所有的庙堂。

宽恕生，也宽恕死。

轮回在敲打人间的路上。

河水在流淌，把自己放在河水之上。

那些被宽恕过的一切，是如此地轻。

发表于《零度诗刊》（2019 年 2 月第 32 期）

侧影记

站在岸边，终于可以卸下
所有泡沫，大声地吼：“我抽死你，抽　抽　抽”
右手也跟着吼声，用力地抽打着水
累了，倦了。所有的秘密都摊倒在地上
另一个侧影也同时坐在水里，抽打过的
天空在水底起了褶皱
打过的侧面，已忘记了最初的模样
仿佛，就在刚才，什么都没有发生过
吼声，与天空
流水相比，显得有些微不足道
被带走的是水里的故事，留下来的
却是安静与从容
那些秘密也不再是秘密

发表于《零度诗刊》（2019年4月第34期）

灯

除了移动的车子，除了我自己，不见可以动的物在夜里移动。

多彩的灯，如此美丽的光彩，照亮黑夜和黑夜里的自己。却照亮不了任何他物。包括落笔的文字。

摸索着前行是所有语言者的勇气，摸索着前行落笔者要付出更多的艰辛。

其时，匍匐前行比直立行走更虔诚。像匍匐在高原路上稀薄的氧里那样虔诚。

可以更清晰地看见巨人低处的脚印，也可以更近地听见高处流下来的寒声。

夜呀，尽管黑下来。

生活的灯照亮不了没关系，只要眼中有灯，手中的笔有灯，哪里都可以探路。

2019 年 1 月 31 日

年

年，在哪里？

在岁末的枝头，在岁初的屋檐？

在南往北来的车鸣声里，在一桌又一桌团年饭里，在一响接一响的鞭炮声里，在电话这头与电话那头的叮嘱里。

拾起一个年，就放下一个年。

枝头张灯，屋檐挂笼。

圆了今年的桌，散了旧年的宴。

响去两年的鞭炮，一头挂在去年十二点，一头连着今年的零点。烟花散落时，分不清哪是苦哪是甜。

年呀，一只不知疲倦的兽，绕着秒针转，绕着分针转，绕着时针转，绕着天转、周转、月转，绕着节气转，绕着山转、水转，绕着庄稼转，绕着生死转，绕着成败转，终归，把自己绕成亘古不变的轮痕。

这没有相貌，看不见摸不着的年，就这么自由地穿越，公平公正地载着世间万物，高过呻吟，低过隐忍。

一只又一只年，不知疲倦地转下去，所有被转动的物或人，都在年的磨盘里咀嚼着岁月苍穹。

年，无处不在。即你即我。

发表于《白天鹅》（2022 年第 1 期）

爱在指尖上

——2019年4月19日女儿就读东海岸幼儿园半日开放课

四月，阳光很好的上午，我又走进了幼儿园多功能厅。

端坐，期待。我已经忘记了三年里的某些画面。

三岁半，好像是刚取去尿不湿的丫丫宝贝。

片段被剪切，把无数个哭呀、笑呀、跑呀，统统留给身后的时间和稚嫩的相片

门外，走进来一群孩子，整齐，礼貌。

这一群里有一个是我的孩子。一个鞠躬和敬礼，天空顿时蔚蓝，仿佛在蔚蓝的天空里转身，就在我身后长大了。

我有无数碎碎细语，时间在空气里滴滴答答，唯有那些照片把湿润的眼眶容纳。

朗朗书声，干净清亮。多么爱，多么爱。爱到骨子里，爱在指尖上。

2019 年 4 月 24 日

时间的魔法

时间把陪伴过长大的厨房、婴儿床、玩具车变小了。

有一天，时间也会把我这个妈妈变小的。

那面墙上的涂鸦，把闺女你更小时的样子保存在一根根歪歪扭扭的线条上，那些线条都会落在某个固定的刻度，那某个刻度被时间的线不断地拉远缩小。

从一米、一分米、一厘米，直到汇成一个点。

那个点里包括此刻我记录的一段文字，包括那面墙上的样子，包括每一次产检，每一天接送上学放学，每一次作业辅导，每个旅行的途中。也包括每个背着去医院的等候，往来不同兴趣班的路上。

时间就是溶剂，把点点滴滴都溶化在空里。伸手捏一把现在，摊开手掌便成了过去。我们在捏手开手间支撑生活。

发表于《白天鹅》（2022 年第 1 期）

树鱼

1

美人鱼。生活于海洋中的两栖动物。

在海底的王宫，她是善良与智慧的化身。在天上人间，她是美貌与爱情的化身。

我们站在海的尽头，只渴望遇见一位美人。

是鱼种对人类的向往，还是人类对无尽大海的索求？

哪个与陆地相亲的海水，永远隔着一千零一个故事？美人鱼是从一个故事里被送回了大海。一直住在海底。

偶尔，给一个城堡的王子和公主捎来关于爱情的信件。

2

我听了太多关于美人鱼的爱情。

直到我忘了相信爱情的年龄；直到我懂得，爱情不是牺牲。

我把那本长长的童话剪碎，拼接成一棵绿绿的树。

这棵树被三岁的女儿，拾掇起种在了她的画里。

树的枝条挂满她的小小画架。有绿色的，有红色的。挂满彩虹的颜色。

就像那小脑袋装满的奇奇怪怪的想象力和丰富多彩的词语。

她用她那支似马良的神笔画了一片宽广的海洋。那个被我剪碎的故事，

以五颜六色的树的形象被我的女儿种回了大海。海很温柔地拥抱着树的身躯。

我看见鱼的尾巴托着彩虹的树在海里游动。没有忧愁，只有像孩子一般的笑。

在安徒生的笔下美人鱼是忧伤的。

而在孩子的笔下，忧伤的美人鱼变成了快乐的彩虹似的树。

我的女儿喊她树鱼。

2016 年 12 月 25 日

可以歌写的存在

生活尽是琐碎的烟云。

看不清世界，

我就观察一棵树落叶的姿态，观察一根草生长的倔强，

观察一块瓦片在房顶上长满青苔的安静，也观察一条小路被荒废的存在。

犹如诗与歌者的记录，犹如一张白纸的正反面。

生活在一篇篇日记里碎片拼接，在时针分针，微小到秒针上折叠。

在白纸上竖八横七。

白纸背后是琐碎的存在，白纸的正面四季的更迭如常。

一条石头缝里开出一朵花，一朵云在高处勾出一幅素稿。

而我就那么随意地把脚丫泡在一幅画里，听一条河流穿过黄昏下的芦苇。

稻子躬身在白纸上，汗水就随意地从墙里冒出来，每一滴都比谷子饱满。

存在的琐碎蹦蹦跳跳，呵呵，很多时候就是掐点，转场。

仿佛仰头的远方，低头劳作很美。

发表于《白天鹅》（2022 年第 1 期）

一声声咳嗽的痛

灰尘。让清晨咳嗽的树木很尴尬。

鸟鸣受到了惊吓！

汽车责备尾气，烟囱责备废气，城市责备公路，

今天责备昨天，昨天责备过去。

过去无可奈何。因为我们这些会成为过去的人已经过去。

那些未来在屋子里咳嗽，氧气罐挂在脖子上。

一台一台机器轰隆隆地响，把那些过去留下的空气分离进泥土里。

然后，听见一声声咳嗽在土地上响起。

慢些，再慢些。

不急，就把车停一天在车库里。走路出去。

不急，就把道路拉长些，树木没有尽头地伸向远方。

不急，坐下来，把草地搬到骨头上。

发表于《江淮晨报》（2021年1月30日）

大地之书

你醒来和你睡着时一样，托起的山峰丈量与天的距离，怀抱的大海无边无际。都安静地在你大地的怀里，没有国界，任鱼的子民可以从南极游向北极。

而你大地之身却承受着被嚼食。在你的身体里穿孔打洞，在你的皮肤上绣上四通八达的图案，在你的体内插上坚硬的建筑阁子。

很多活着的生命把自己关进这些坚硬的阁子里。

在你的血管里注入毒液，把你遮风挡雨的毛发一根根拔去，留下树的残桩在未来的沙漠等待生根发芽，直到看不见那些曾经是你绿色毛发的痕迹。

你病了。亿万年炼成的不老之躯，倒在了浩瀚的星际。

你抖了抖无力的手臂，就卷没了一些存在与那些阁子。

你的哭泣没人听得见，而你怀抱里的一切生命的哭泣，你听得痛了一个亿万年。

恐龙时代的轮回，正逼近连呼吸都有毒气的大地——你的星际边缘。

你无能为力地忍受着这千般的折磨。

你还在继续被疯狂地吮吸着。

你睡着与醒来时一样，月亮与太阳从来就挂在银河里与你不离不弃。

该醒来的是寄生在你身上的贪婪者。

2017 年 1 月 21 日

江山如画

一笔画出江山。绿水绕梁，潺潺涓涓，风和日丽，国泰民安。

旷野。一张书桌很长很长，缓缓摊开一幅画卷来。

我站在画卷里，看古今之人，用爱国的元素丈量它的尺寸，陆地约 960 万平方千米，海洋 470 多万平方千米。

56 个民族行走在画卷里，用他们各自的脚步丈量生命开放的色彩。

有的人开出的是一朵高贵的灵魂，有的人开出的是一支奋进的曲子，有的人开出高山仰止的人格，有的人也默默无闻地开着自家后院的花香。

画卷一层又一层地泼着上下五千年的墨迹。沧桑，厚重。

风从画卷的远古吹来，从金戈铁马声吹来，从历史更迭中吹来，从红旗边吹来。听河流绕过一座座山石的声音，改道，断流，河水总归闯出了属于自己的河道。

河水一直从画的尽头流来，又消失在画卷的边缘。大海总是一片蔚蓝，海鸟勾出画卷的维度。

南海在画里动了一动，整幅画卷也有节奏地动了一动。一只海鸟如剑，俯冲向远岸，一艘船仓皇避让。诸多群岛上飘扬着红旗，在画卷里，是多么地美呀。

万里长城在画卷里是残缺的，也是雄壮的。是画里的历史，记录着江山的沧桑，更迭的褶皱。从嘉峪关至鸭绿江畔，每一堵城墙镌刻的故事都是可歌可泣的。

秦时的废墟也是震撼人心的江山画卷。

黄河给画卷染上最亲切的颜色——黄。

黄皮肤黑眼睛是世上最勤劳勇敢智慧的人，是画卷里最美的色。

这最智慧的人是黄河养育的儿女。母亲的温良贤德，画卷的东方似乎更加明亮。

画卷还在徐徐打开，谷穗饱满地立在地里，一大片一大片，金灿灿。

齿轮飞速地旋转，未来在画卷的另一面。

江山美，如画美。

长歌、短句，“二十四史”乃是江山如画提拔的壮丽诗行。

发表于《重庆政协报·副刊》（2020 年 7 月 16 日）

粒粒稻香粒粒恩

——怀念袁隆平

小满刚过，“杂交水稻之父”袁隆平院士就永远地走了。

他走了，他还活着。带走的是生命的特征，活着的是高贵的品格。

一生他都在与稻田打交道：不在家里，就在试验田里；不在试验田里，就在去试验田的路上。

他的心装的是稻子，他的情装的是黎民。

他梦见稻子高长，像高粱可以乘凉。

这是一个伟大而艰苦的梦。

为了这个梦，他孜孜不倦地研究，试验，再试验，再研究。

粒粒稻香粒粒恩。风吹过稻田时满是他躬身田间的身影。

看，那一片又一片挂满的稻子，是他对人间的深情。

2021 年 5 月

暗河里的礁石总是有光

1

我曾在一条溪河里畅游，那水的清澈如同我年轻的肌肤。我喜欢的溪河依然那么淡然地流过我的土地，而我早已从那匹山梁翻过。竹节叮叮当当，关节噼里啪啦地响。我努力保持每个字的天性，却无法挡住蜂拥而来的暗河。

我把姓氏也保持天性，从土地里打一碗血性，却也无法在另一块土地养活这一碗血性。简简单单的一眼，人性灯火通明。高高挂起、藏起来的谦卑，如一碗止水一条止河不生涟漪。

坐皮筏的商人是个作奸犯科者，浅水洗不尽一脸的凶悍。卖草药的是一个痞子，一生不把草当草，专给大树刮痧去毒，一命换一命，草药背篓里传出来的，是微弱的挣扎呐喊。

2

我想，我是怕水的。无风的时候，河的水面极其安静，安静得听不到流水的声音，安静得如在一个正午的太阳直射下，只有一只鸟从远处滑过一座山的背影，安静得一切都很祥和。没有了统计学的分分钟无数的生，无数的死。我准备好了沉默。

站在岸边，江水流自己的水下百态，那都是水里的事，那都是江河湖海的事。那些水从万里千里赶来，一滴一滴吻在一起，谁也不嫌弃谁。清水和浑水相拥，净水和污水相容。牵着手，抱着腰，揽着肩，你中有我，我中有你。一起接纳沿途的世象：水下鱼类争斗的生死，水下生灵至暗至明的一生，船只的重量，岸的倒影，楼宇的倒影，桥的倒影，欲望架起的一切倒影。使水的表象更静、更迷人！

3

哦，这水面让人产生迷失的幻觉，江面很平，仿佛一块可以任由你自由行走的陆面。试想，那些一步一步走向水的深渊的人，就是被表象迷失了心智。走下去是站不起的世界，试水也会湿身湿脚失心。我仰头看见桥上坐在栏杆边的那个人影，他试了水，或滑入了暗涌，那么大的太阳怎么晒也晒不干身上的水滴，水流了一地。终于，那个人把整个身子永久地滑落进了平静的江里。那些眼泪，它们也会被带走，带向更远的尽头、无尽的更远。

4

一向安静的样子，偶尔也会失态。那些长年在底层的水不甘心只做一滴微水。七八月的季节，你争我抢地要浮出水面，把自己放在最出镜的位置。水面被越抬越高，有些水挤不了中间的位置，就自己拓宽新的水面，于是河面越来越宽。它们开始抢夺更多的地盘，包括房子、道路、庄稼、田野，包括呼喊、眺望……

它不再与人类无关，也不再默默无闻地流过，它每到一处，都引起了关注。

5

站在高处看世间万象，水有水的世界，人有人的世界，暗涌太多就是灾难。水围困万物是那么有气势，也是那么地慢条斯理。突然想笑奔向江边看水的人，就像被围困在城里的人看城外从容修筑工事的兵士。看吧，先让你看个够，等我们围攻时就不会再看了。忽地就破解那句土话——“水淹起颈颈还不着急”的密码。等水漫进了自家的屋子，就不会再隔岸观火了。

围观心理是众众的底色，上一层色是路过心理，又上一层色是远之心理，再上一层色是解围心理，再上一层色就是脱困心理。众众成色多还在底色阶段。以前我学画画时，多爱用灰调打底，再根据画面逐渐上明鲜调。

底色还不是一幅作品，众众之人的一生多凡不是一幅完整的作品，或终其成不了作品，几根粗线条也就是一生的概括。

6

我构想的纯粹在一条暗河里苍老。点灯的人可以照亮一条暗河，却照不尽大地千万条暗河，更照不透暗河的暗影。提刀杀河，卑鄙，阴人，从河喉喷出。

暗即阴，阴即黑，黑即背光。

向日葵是向着太阳光面才可生长茂盛。背光而坐的人影子是矮小的，面孔是宁静的。苍老是一种自然现象，苍老也是一种轮回新生。把纯粹炼狱在暗河，在大浪中沥沙，成蝶历经的苦，是女娲造人的宿命。

7

五月，水在暗处狂野，它们挣了一笔巨大的财产，《离骚》一字一字地跳进水里：长太息以掩涕兮，哀民生之多艰。

大爱生死之外，是苍生。

我远远站在高处。

8

丛林法则，在一条河里尽是表达透彻。小鱼吃小小鱼，吃水藻，吃浮萍，大鱼吃小鱼，吃一切可食的弱小东西。就像吃肉的大多比吃草的强大，就像这世上女人被自觉地归位家庭。上游，是多么难，还是会看到一群美人鱼打破安徒生的童话。

9

时而焦虑，时而悠闲，时而在河里挣扎，时而在岸上品人间词话。总是翻着一本书阅读生活，一张草纸也托不起水里的重量，一张一张沉落，纸上的智慧，一同沉落水底，小满渐渐地把河高筑。浅了，河水浅了。

10

我梦见自己在一艘船上，我和一艘大船漂在水上，第一次在船尾看见船过夔门的壮观。一道高高的水门在雾里若隐若现，让我的纯粹显得微微无知和向往。一条江慢慢吞噬我的少年时光。这是一个该啃书的光景，却在啃那没有尽头的船舷，留下的渡客来来往往。我用握笔的手在一条船上为生计奔波：我提着吸尘器吸一间灌满水的房间。梦里一个女子在一张桌子的文件上写出密密麻麻的字和记号，我在内心刻上明天翻越的样子。没有根的漂浮的水面，让人懂了岸的踏实。

终是，我怀揣着花朵与星光，在人生的礁石上刻着一个梦。

发表于《散文诗》（2022 年 9 月上半月）

后记

从2019年酝酿着要出版诗集，到2021年9月才真正付诸行动。早早地就把诗集名字都想好了——“月亮太阳”。因我家有一个月亮一个太阳：闺女小名叫月月，儿子小名叫阳阳。两个孩子好像也很喜欢自己的小名。比如我们一起出门去，太阳真的很晒，姐姐会喊：“弟弟你太晒了，把热量关小点。”弟弟回答说：“好的，姐姐，马上关。”然后，一起冲向荫凉地，嘻嘻哈哈地笑起来。有时晚上我们走在回家的路上，看到天上月亮很亮，弟弟会突然说：“姐姐，你看，你好亮呀。”于是我们就会站着不走，欣赏着天上的月亮。

2021年9月在《三峡诗刊》编辑部时，老师们建议对书名再斟酌下，我也在考虑书名诗意性，于是我在诗集里找到“花朵与星光”几个字。这几个字以一种诗意的形式意象表达对孩子未来的期望，反复比较考虑后，最终以“花朵与星光”作为首部散文诗集的书名。诗集共有四辑，我在书里插入了孩子的儿童画，他们的画或许还很稚嫩，可是在我这个妈妈眼里已经是很了不起的开始，我希望可以在诗集里留下我与孩子成长的足迹。

这篇后记拖了很久，蒋登科教授为我的散文诗集写好了序，我的后记一直没有写出来。

我想我的后记要极尽真实，可以追溯源头，而非挂在高处的灯笼，要心之所向伸手可触，要像小时候的油灯，天黑了用针轻轻向上拨动灯芯，划根火柴就点亮了，它的光照是有限的，要靠近再靠近才能看清书上的字，但它是真实的，它就在我最近的地方给我光明。

我的文字其实我就把它当作油灯，光照很弱，甚至需要极近地听听文字的声音，你才能感知它的存在。但是我以为它是真实的，每段话，每个字，每一行，它都是我内心深处的回响。

因为是首部诗集，我很认真地对待着，对稿子反复地校对、编排，对文字句子进行认真推敲，对题目进行深度的思考、选择。由于我的经验和存备不够，或许诗集还存在一些不足，我想这也是我成长必经的过程。我希望你们可以喜欢我、包容我，让我的文字以真实的内心呈现给大家。这部散文诗集或将是我写作的起点和动力。

《花朵与星光》共收录了百余章（组）我的散文诗，主要创作时间是 2016—2021 年。《红尘外的茶香》和《雨夜》这两首写于 2008 年，那时较年轻，写作风格带有一点未赋新词强说愁。我的很多作品反映出我对生活的正向态度，如《灯》，“生活的灯照亮不了没关系，只要眼中有灯，手中的笔有灯，哪里都可以探路”。

我学的是工科，父母辛苦地把我供出来，毕业后我首先考虑的是生计与发展，那时除了阅读没有中断，除了还保留着一颗诗心，没有写作。考证、专业书籍、设计、育儿等，占了生活的大部分时间。可是文学梦我一直怀揣着，我喜欢写，更可以说痴于写。这些文字好像是可以慰藉我的，工作中不如意时，我写；生活中太烦心时，我写；独自坐在茶馆时，我写；某个夜深人静听雨时，我写。写着写着，这些文字就支撑起了我的日子，越来越让我明白“人”字的道理。

收录在诗集里的散文诗有的标题与发表时不一致，我适当地进行了修改。如《安静的荷》发在纸刊上叫《做一朵像莲一样静的荷》，仔细推敲了名字，用了箫风老师发在微刊上的题目。《从田野中行走而来》原标题叫《父亲的战场》。说到标题，解释下《灰笼下的记忆》中“灰笼”的意思——由于地域不同叫法就不同，有的地方称之为“烘笼”，它是乡下人们用于冬天烤火取暖的物件。而我出生的地方是在重庆合川，我们那里祖祖辈辈传下来叫的都叫“灰笼”。《草春天》《树鱼》的题目来自我家闺女给的灵感。我在给她读童谣时，插图是绿的草地和一棵树的图画。我问闺女：“这是什么？”闺女想了一下说：“草春天。”看见树在水里游动，拍手叫着：“这树鱼真漂亮。”

散文诗集《花朵与星光》得以出版，感谢我的老师周鹏程先生，从诗集的选辑、编排、命名、作序、出版，鹏程老师很忙碌，但仍亲自关心指导着诗集的出版！感谢蒋登科教授本着扶持新人，关注重庆诗歌的大爱胸怀，为我的首部散文诗集作序。这篇序是一份懂得，更是一种包容与鼓励，如他所说：到那时，杨翠一定会感谢时间。是的，我也会感谢在时间里给予我前进动力的所有人！

同时感谢李显福老师对散文诗集的文章逐字逐句细读并提出宝贵的意见！感谢引领我走进诗歌的重庆新诗学会！感谢江北区作家协会！感谢重庆文学院！感谢重庆市作家协会！感谢这么多年来给予我帮助的文界朋友老师们，感谢在生活中为我解困的所有朋友！感谢我的家人！

因为文字，因为诗歌，我的内心总是充满着爱。愿你我都用一颗诗一般的心去面对明天。

2022 年 3 月 13—14 日于重庆渝北